Alf

AF204292

Money to go

1001 KAPITALVERSPRECHEN AUS DEM INTERNET

tredition

Alf

MONEY
to go

Glaube nicht, dass dies auch ein Betrug ist, weil Sie weren bitten, eine kleine Menge Gebühr zahlen, um Ihre Fonds zu tilgen.

1001 KAPITALVERSPRECHEN AUS DEM INTERNET

tredition

© 2016 Alf/Alfred Beschle

Idee, Konzept & Gesamtgestaltung: Alf

Verlag: tredition GmbH, Hamburg

ISBN Taschenbuch: 978-3-7345-4617-4
ISBN Hardcover: 978-3-7345-4618-1
ISBN e-Book: 978-3-7345-4619-8

Bibliografische Information der Deutschen Nationalbibliothek:
Die Deutsche Nationalbibliothek verzeichnet diese Publikation in der Deutschen Nationalbibliografie; detaillierte bibliografische Daten sind im Internet über http://dnb.d-nb.de abrufbar.

Kontoübersicht

Unsere AGB*

Mal ehrlich: Davon hast Du doch geträumt: von Lottomillionen aus gut gefüllten Jackpötten, von großzügigen Erbschaften, von Geschäftsmodellen mit Traumrenditen oder üppigen Zuwendungen anonymer Spender!

Doch jetzt werden dank Internet all Deine Wünsche wahr! Wohlstand & Überfluss sind nur noch einen Mausklick entfernt! Mit diesem Büchlein nimmt das Warten aufs große Glück ein erfreuliches Ende, denn überraschende Offerten öffnen jetzt das Tor zu Deiner finanziellen Unabhängigkeit!

Doch ganz einfach ist es nicht – doch wenn Du erst die in kryptischer Sprache mit innovativer Grammatik und in kreativer Rechtschreibung verfassten Botschaften entschlüsselt hast, dann erwarten Dich:

Zu Herzen gehende Schicksale, die nicht ihr Leid, sondern ihr Vermögen mit Dir teilen wollen; zahl- und herrenlose Lose, die Dein Los spürbar verbessern und verwaiste Hinterlassenschaften unbekannter Erblasser, die Dich erblassen lassen! Und noch ehe Bargeldbesitz illegal wird, darfst Du die Hoffnung auf große Summen für bare Münze nehmen!

Bei vielversprechenden Geschäften mit viel versprechenden Partnern ist zwar etwas Wagemut gefordert – törichter wäre nur, diese abzulehnen!

Zweifel, ob es bei all dem mit rechten Dingen zugeht, sind jedoch unangebracht: Bedeutende Regierungsvertreter, hochrangige Militärs und untadelige Beamte verteilen gerecht und doch großherzig weltweit verwaiste Gelder!

Ergreife diese Chancen und dieses Büchlein und verhindere, dass unwürdigere Empfänger all dieses Wohlstands & Glückes teilhaftig werden, denn alle Überraschungen im dreistelligen Millionenbereich warten nur auf DICH!

Der Autor

P.S.: Die jeweiligen Summen oder Ihr Anteil daran werden laufend addiert, Gebühren sind bereits in Abzug gebracht. Dollar und Euro werden dabei gleichgesetzt; £ wurden zum Tageskurs umgerechnet. Sind Anteile nicht beziffert, wird der gesamte Betrag addiert; nach Eingang der Gelder sind diese Summen dann zu überprüfen. Angebote ohne Nennung von Beträgen sind mit dem Label "Lass Dich überraschen" gekennzeichnet – aber selbstverständlich gilt dies für das gesamte Buch...

*AGB: Alternative Geldbeschaffungsmaßnahmen

Kontoauszug 1

HERZ, SCHMERZ &

DIRIDARI*

Wenn die Not am grössten ist, ist eine helfende Hand nicht weit! Denn vor Krankheit, Verlust oder Unglück ist auch der Reichste nicht gefeit. Manch einem unter ihnen öffnen Leid und Ungemach das Herz und grosszügig bedenkt er Bedüftige wie Dich. Schlag Ihnen diesen Herzenswunsch nicht ab und mehre so den Seelenfrieden dieser Unglücklichen.

...Ich sah Ihre Daten auf dem Netz, und ich war in meinem Herzen zu kontaktieren, dass Sie die richtige Person zu helfen...

✱Diridari: Bairischer Mundartausdruck für Zahlungsmittel jeglicher Art (s.a. Kohle, Kies, Knete, oder Moos etc.).

Kontostand €

Herz, Schmerz
& Diridari
1.500.000,00

Meine Liebste.

Ich hoffe, dieser Mail trifft Sie gut, lassen Sie mich bitte, um mich Ihnen kurz vorstellen, ich bin Fräulein Esther Desmond die Tochter des verstorbenen Mr. und Mrs. Michael Desmond von der Elfenbeinküste. Wer war ein berühmter Kakao Händler hier in Abidjan der wirtschaftlichen Hauptstadt der Elfenbeinküste (…) basiert. Ich suche für deine Hilfe, mir zu helfen die Summe von **$ (7.500.000,00 USD)**, die ich geerbt von meinem verstorbenen Vater auf Ihr Bankkonto überweisen.

Ich bin bereit, die Sie als eine Art der Entschädigung nach dem Transfer für Ihre Zeit und Mühe bieten 20% des gesamten Fonds. Alle erforderlichen Dokumente im Zusammenhang mit diesem Fonds sind intakt. Für weitere Informationen über diesen Fonds.

Waiting für Ihre Mitarbeit. Vielen Dank und Gott segne.

Hochachtungsvoll.
Esther Desmond

Ihr Lieben,

Ich bin sehr froh, dass Sie diese E-Mail zu schreiben, mein Name ist Mrs.Liliane Bettencourt, bin ich ein Omanische aber haben in Abidjan, Elfenbeinküste für die letzten 40 Jahre mit meiner Familie leben. Ich bin ein guter Kaufmann, ich habe Unternehmen und guten Anteil in verschiedenen Banken. Ich gebe mein Leben für die Investitionen und Immobiliengeschäft. Den ganzen Weg verlor ich meinen Mann (Herr Sulamith Bettencourt) und zwei Kinder in einem tödlichen Zugunglück im Jahr 2014

Ich habe mein Leben gelebt nur mich und meine Familie zu kümmern, ich weiß nicht viel und kümmern uns um die Menschen. Aber im letzten Jahr 2015 etwa im Juli, wurde ich einen Brief von medizinischen Check-up als mein persönlicher Arzt bezeugt geschickt, dass ich Lungenkrebs haben, die leicht bald mein Leben ausziehen kann. Ich fand es unruhig mich, um zu überleben, weil viele Investitionen nicht ausgeführt werden kann und wieder von mir zu verwalten. So nenne ich schnell einen spirituellen Berater bis zu geben Sie mir positives Denken auf diese Lösung als mein Berater. Er Minister mir meine Eigenschaften zu den Armen und Bedürftigen, die Menschen zu teilen, die Geld brauchen beide Studenten, um zu überleben, die Geld für ihre Ausbildung und Geschäftsleute für ihre Investitionen und für weniger Privileg rund um den weltweiten Bedarf.

Bitte kontaktieren Sie mich für weitere Richtlinien, und wenn man noch kann mir helfen, Geld zu Waisenhäuser Häuser in Ihrem Land und anderen Landes Sie möchten zu verteilen. Ich will mehr Informationen Sie geben, wie ich sofort Ihre Antwort warten.

Kontaktieren Sie mich hier (libetten77@gmail.com)

Freundliche Grüße,
Mrs.Liliane Bettencourt

Von: igvar.harmburg@gmail.com
Betreff: Aw: Re: ich Sie, der als der Erbe meiner 1.700.000 Euro gewählt wurde
Datum: 29. Mai 2016
An: Undisclosed Recipients

Wer erfasst die Menschheit sucht die Einsamkeit. Die Einsamkeit ist ein Garten, wo die Seele sich austrocknet, die Blumen, die dort drücken haben kein Parfüm. Tolerieren Sie bitte meine Anwesenheit in Ihr hinkt von Email, denn ich wünsche sehr, etwas sehr wichtig es mit Ihnen zu machen. Ich bin Herr Igvar HARM-BURG, ex-Berater und Dolmetscher, die in (102 Avenue Robert Schuman 1410 Wasserwaagen) in Belgien, aber momentan unter am 27. März 1944 entstandener medizinischer Beobachtung, bleiben.

Es ist aufgrund mehrerer, und tiefe Forschungsarbeiten zum deutlichen, dass ich habe, stinken, Ihre E-Mail-Adresse zu erhalten, es ist dort, dass ich beschlossen habe, Sie zu kontaktieren und Ihnen über mein Projekt zu sprechen.

Es ist mit einem von Verzweiflung vollen Herzen, dass ich Ihnen diese Nachricht übermittle, um Ihr Abkommen für die Verwirklichung einer Schenkung zu ersuchen, ich sind momentan krank, erreichen von einem Kehlkrebs, und angesichts meines Alters und meines derzeitigen Gesundheitszustandes wünsche ich, Spende meiner Güter zu machen. Meine Ehelage ist so, dass ich noch Frau habe, und noch weniger als die Kinder, an denen mein Erbe zu hinterlassen, weil ich meine Ehefrau verloren habe er habe dort von das 5 Jahre, was mich viel betroffen hat und ich nicht mich bis heute wieder heiraten konnten, wir hatte keine Kinder. Es ist für das, den ich unentgeltlich möchte, Ihnen mein Erbe zu hinterlassen, das sich auf einen Wert von **1.700.000 Euro** beläuft, damit Sie die Werke fortsetzen können, die ich so sehr habe zu wünschen, auf dieser Erde zu machen. Wissen Sie, dass ich diese Schenkung mache, weil es mein geistiger Vater ist, der es mir hat zu verlangen. Habend keinen legalen Erben ersuche ich um Sie sehr, dieses Angebot zu akzeptieren, um mich meine Wünsche verwirklichen, eine humanitäre Gründung in meinem Namen bauen zu helfen, dann von Hilfe für die benachteiligtsten, denn dies wäre zu bringen ein karitatives Werk, das von einem Witwer kommt, der kein Kind gehabt hat und mir helfen im Frieden ausruhen gehen.

Sie können mir Freund teuer glauben dieses Geld es sind weder schmutziges Geld noch eine Geldwäsche, ich machte es so, weil dies mein possibilté, dem Herrn für diesen Nutzen zu danken, und dass er mich am Paradies akzeptiert.

Kontostand €
Herz, Schmerz & Diridari
1.500.000,00
1.700.000,00

Kontostand €

Herz, Schmerz
& Diridari
1.500.000,00
1.700.000,00
3.600.000,00

Gut gemocht werde ich sehr zufrieden sein, Sie sehr demnächst zu lesen, und ich freue mich bereits über Ihre Antwort, denn ich weiß, obwohl Sie menschlichen von Gott sind. Unser Gott vergisst das sehr hoch einzige ohne Geschäftspartner diese Kinder nicht, Gott wird Sie nie vergessen. Dies ist meine Bitte für Sie und all Ihre Familie. Sofort antworten Sie es, damit ich bin beruhigt von Ihrer guten Persönlichkeit, um Ihnen in Kontakt mit meinem Notar zu stellen.

Dass Gott Sie segnet.
Herr Igvar HARMBURG

Von: assi.sandra14@daum.net
Betreff: Grüße von Sandrina Assi Omaru
Datum: 2. Februar 2016
An: Recipients

Hallo Liebste,
Ich tief es eine Respekt und demütiger Unterwerfung, ich bitte um die folgenden Zeilen zur Kenntnisnahme angeben, ich hoffe, Sie werden einige Ihrer wertvollen Minuten Zeit um die folgenden Aufruf mit sympathischen Gedanken lesen. Ich muss gestehen, dass es mit großen Hoffnungen, Freude und Begeisterung, die ich schreibe Ihnen diese E-Mail, die ich wissen und glauben, durch den Glauben, dass es Ihnen in einem guten Zustand der Gesundheit sicherlich finden.

Mein Name ist Sandrina Assi Omaru; Ich bin das einzige Kind meiner verstorbenen Eltern Chief. Mr. Williams Omaru. Mein Vater war ein hoch angesehenen Business-Magneten (:...).

Es ist traurig zu sagen, dass er starb auf mysteriöse Weise in Frankreich während einer seiner Geschäftsreisen ins Ausland Obwohl seinem plötzlichen Tod verbunden oder vielmehr wurde verdächtigt, von einem Onkel von mir, mit ihm zu dieser Zeit gereist worden masterminded haben. Aber Gott kennt die Wahrheit! Meine Mutter starb, als ich gerade 6yrs alt war, und seitdem mein Vater hat mich so besonders macht.

Vor dem Tod meines Vaters, rief er mich an und teilte mir mit, dass er die Summe von (...) €3.600.000,00) er in einer Privatbank hier in Abidjan Elfenbeinküste hinterlegt .. Er sagte mir, er hinterlegt das Geld in meinem Namen, und gab mir auch alle notwendigen rechtlichen Dokumente bezüglich dieser Hinterlegung mit der Bank.

Ich bin nur 22 Jahre alt und (...) weiß wirklich nicht, was zu tun ist. Jetzt möchte ich ein ehrlicher und gottesfürchtige Partner in Übersee, die ich dieses Geld mit seiner Hilfe, bis eine solche Zeit zu übertragen und nach der Transaktion werde ich kommen und dauerhaft in Ihrem Land wohnen, dass es bequem für mich, nach Hause zurückzukehren, wenn ich so Wunsch. Das ist, weil ich eine Menge Rückschläge als Folge der unaufhörlichen politischen Krise hier in der Elfenbeinküste gelitten.

(...). Ich möchte auch die der Fonds unter Ihrer Obhut zu investieren, weil ich nichts von Business-Welt. Ich bin in dem aufrichtigen Wunsch Ihrer bescheidenen

Unterstützung in diese regards.Your Anregungen und Ideen wird hoch angesehen werden. Wie viel Prozent der Gesamtmenge in Frage werden Sie nach dem Fonds zu nehmen hat, die auf Ihr Konto über und ich kommen, um Sie zu treffen?

Bitte bedenken (…) zurück zu mir so bald wie möglich. Unmittelbar Ich bestätige, Ihre Bereitschaft, werde ich zu Ihnen mein Bild und informieren Sie auch weitere Informationen in dieser Angelegenheit beteiligt

.

Mit freundlichen Grüßen,
Sandrina Assi Omaru

.

Kontostand €

Herz, Schmerz
& Diridari
1.500.000,00
1.700.000,00
3.600.000,00
5.700.000,00

Von: paulineallen01411@yahoo.com
Betreff: Aw: thank you for helping me out
Datum: 24. August 2015
An: Recipients

---

sehr geehrter
Ich bin Pauline, von USA, die 18 Jahre alt; Ich war von einer alleinerziehenden Mutter erwecken, die ein Missionar war, bevor sie vor einigen Monaten gestorben. (…) ch bin, die durch eine Menge von finanziellen Problem aufgrund der Abreise meiner Mutter. Sie wollte ihr ganzes Eigentum und Geld für mich, aber sie sagte, die Bank-Management, dass vor dem Geld wird mir freigegeben, wie ich auf das Alter der Ehe bekommen muss, oder ich werde einen Vormund (…) die Bank präsentieren, bevor sie das Geld im wert von **$ 5,7 Millionen** Dollar freigeben kann.

Ich sah Ihre Daten auf dem Netz, und ich war in meinem Herzen zu kontaktieren, dass Sie die richtige Person zu helfen Sie mir mit diesem gedient. Alles, was ich von Ihnen will, ist als mein Vormund zu stehen und das Geld auf Ihr Konto übertragen und dann wird ein gutes Geschäft über und starten und vervollständigen meine Ausbildung ich komme.
Bitte kontaktieren Sie mich durch meine persönliche E-Mail-Adresse paulineallen01411@yahoo.com
Vielen Dank für die Hilfe aus.
Pauline

Von: anwseredward@gmail.com
Betreff: Können Sie aufrichtig sein und diese Arbeit tun für Gott
Datum: 28. Juni 2015
An: Recipients

Dearest Geliebter
Lobt Gott; das höchste. Ich bin Frau Answer Edward von Abidjan Elfenbeinküste, ich zu spät Herr Tony Edward verheiratet bin, ich und mein verstorbener Mann war in, Immobilienmanagement und auch ein Immobilien Bauunternehmer Regierung vor meinem Mann den Tod. Er wurde mit dem Innenminister von den Rebellen während dieser jüngsten politischen Krisen in meinem Land Elfenbeinküste er-

Kontostand €

Herz, Schmerz
& Diridari
1.500.000,00
1.700.000,00
3.600.000,00
5.700.000,00
375.000,00
5.000.000,00

mordet. Mein verstorbener Mann hat auch eine Cocoa Farm, die von den Rebellen völlig verbrannt wurde, nachdem er getötet wurde. Wir waren für 11 Jahre, ohne ein Kind (…) verheiratet. Seit mehr als sieben Monaten habe ich mit Speiseröhrenkrebs diagnostiziert. Vor kurzem hat mein Arzt mir gezeigt (…) ist mein Zustand wirklich verschlechtert und ist ganz offensichtlich, dass ich nicht mehr als vier Monate leben können, weil der Krebs (…) in eine sehr gefährliche Phase bekommen hat.

Als mein verstorbener Mann noch lebte er die Summe von **$ 2, 5 Millionen (USD)** in einer Bank hier in der Elfenbeinküste abgeschieden Derzeit ist dieses Geld noch in der Bank. Nachdem mein Zustand bekannt Ich habe beschlossen, diesen Fonds zu guter Mensch zu spenden, dass dieses Geld die Art und Weise nutzen, werde ich hier zu beauftragen werde. Ich möchte Sie mindestens **85%** dieses Fonds Waisenheime, arme im Alter von Witwen, zu helfen Frau mit Krebs Probleme, schlechte Kranken im Krankenhaus zu bauen, wie ich das vor meinem Tod das letzte gute Sache, die ich auf der Erde tat sein wollen, **dann nehmen Sie die restlichen 15%** gute Pflege zu Hause zu nehmen, weil jeder Arbeiter seinen Lohn verdient. Ich habe keine Angst vor dem Tod damit ich weiß, dass ich in den Schoß des Herrn sein werde. Mein Glück ist, dass ich ein gutes Leben gelebt. Assure mich, dass Sie entsprechend handeln, wie ich hier angegeben. Sobald ich Ihre Antwort erhalten werde ich Ihnen den Kontakt der Bank geben, und ich werde auch einen Brief der Genehmigung an die Bank ausgeben, die Sie dem Empfänger dieses Geldes erweisen wird (…) Bitte das ist sehr wichtig Antwort mich durch diese E-Mail hier, denn wenn Sie hier nicht beantwortet hat werde ich nicht Ihre E-Mail bekommen, hier ist die E-Mail, wenn Sie sich ganz sicher sind, meinen Wunsch zu erfüllen, wenn nicht nicht antworten.
Hier ist die E-Mail zu antworten anwseredward@gmail.com
Dank und bleiben im Herrn gesegnet.
Mit freundlichen Schwester in Christus
Mrs. Answer Edward

Von: mrsgracealfred@aol.com
Betreff: DANKE
Datum: 14. Juni 2015
An: Recipients

Grüße
Bitte verzeihen Sie mir, denn ich nicht Internet-Erfahrung bin und ich eine Witwe, eine späte Öl & Gas Händler bin und jetzt Krebs diagnostiziert, die Ärzte sagten, ich habe ein paar Monate zu leben, ich will Sie mir die Summe von **USD$ 25.000.000,00** verteilen helfen (zwanzig fünf Millionen United State Dollar) an Wohltätigkeitsorganisation in Ihrem Land. Bitte antworten Sie mir, wenn Sie mir meine Fonds verteilen helfen und ich bereit können bin, **20% für Ihre Zeit und Mühe** zu geben. liefern Sie mir Ihre private Telefon Kommunikation mit Ihnen meine e-Mail: mrsgracealfred@aol.com
Frau Grace Alfred

Von: monicafernandaz@aol.com

Betreff: danke

Datum: 3. Juni 2015

An: Recipients

Bitte verzeihen Sie mir, weil ich nicht versierte Internet bin, und ich bin eine Witwe zu einem späten Öl & Gas Händler und jetzt mit der Diagnose Krebs, Die Ärzte sagten, ich habe ein wenige Monate zu leben, möchte ich Sie mir Summe verteilen zu helfen **Zwanzig Millionen USA Dollar** für wohltätige Zwecke Organisation in Ihrem Land . Bitte antworten Sie mir, wenn Sie mir helfen können, meine Gelder verteilen und Ich bin bereit, Ihnen **20%** für Ihre Zeit und Mühe zu geben. liefern Sie mir Ihre private Telefon um eine Kommunikation mit Ihnen.

Bitte schicken Sie mir auf meine E-Mail-Adresse ein
monicafernandezz@aol.com
Frau Monica Fernandez

Kontostand €

Herz, Schmerz
& Diridari
1.500.000,00
1.700.000,00
3.600.000,00
5.700.000,00
375.000,00
5.000.000,00
4.000.000,00

Von: Isabelle Sayyed isabellesey5624@daum.net

Betreff: Mein Liebster

Datum: 15. April 2016

An: Recipients

Mein Liebster,
Guten Tag, kann der Segen Gottes sei mit euch und gewähren Ihnen die Weisheit und Mitgefühl, meine Situation zu verstehen und wie viel ich brauche Ihre Hilfe. Nach Ihrem Profil durchlaufen, wurde l davon überzeugt, dass Sie seriöse und ein Vertrauen verdient Mensch, der mir helfen kann.

Ich wende mich an Sie mit der Hoffnung, dass Sie eine große Hilfe für mich sein wird. Mein Name ist Isabelle Seyyed, 22 Jahre altes Mädchen aus der Elfenbeinküste. Mein Vater und ich entkam aus unserem Land in der Hitze der Bürgerkrieg nach meiner Mutter und zwei meiner älteren Brüder in den Krieg zu verlieren. Als Folge der politischen Instabilität in meinem Land auch nach dem Krieg gründete mein Vater seinen Kakao und Kaffee Exportgeschäft in meinem Land Abidjan, Elfenbeinküste. Er war in Burke, einer nördlichen Stadt für den Kauf einer Kakaoplantage zu verhandeln, wenn er von den Rebellentruppen erschossen wurde Kämpfen in der Regierung des Landes zu übernehmen. Der Tod meines Vaters hat mich jetzt eine Waise und damit auszusetzen mir Gefahr.

Vor seinem unglücklichen Tod rief mein verstorbener Vater mich neben seinem Krankenbett und sagte mir, als seine einzige überlebende Tochter, dass er in einer der führenden Bank hier in unserem Land die Summe von **$1.600.000,00** Dollar hinterlegt hatte. mit meinem Namen wie die nächsten Angehörigen.

Als Ergebnis der vorliegenden Unsicherheit von Leben und Eigentum in diesem Land, Ich möchte ein anderes Land, weil es nicht mehr gut Wertpapieren ist, nicht mehr gut Universitäten, mehr keine Investitionsmöglichkeiten in diesem Elfenbeinküste, da dies Rebell, politischen und Bürgerkrieg begann, ich hoffe, dass Sie über den Krieg von Cote d gehört Küste. Meine Gründe für die Kontaktauf-

Kontostand €

Herz, Schmerz
& Diridari
1.500.000,00
1.700.000,00
3.600.000,00
5.700.000,00
375.000,00
5.000.000,00
4.000.000,00
3.200.000,00
3.000.000,00

nahme mit Ihnen sind nachfolgend aufgeführt:
1. Ich möchte Sie mir Transfer zu unterstützen und die Summe von **$1.600.000** investieren, die ich von meinem verstorbenen Vater geerbt, bevor er starb. 2. Ich möchte Sie mir die Zulassung erhalten Universität zu unterstützen, sobald ich zu Ihrem Land nach dem Transfer des Geldes kommen. 3. Ich möchte, dass mein Vormund zu sein, damit mein Vater ist tot. 4. Ich möchte Sie mir gute Unterkunft in einem Land zu helfen, erhalten.

Ich bin bereit, Ihnen **20% der Gesamtsumme** als Entschädigung für Ihre Mühe nach der erfolgreichen Übertragung meiner ererbten Geld auf Ihr angegebenes Konto zu bieten. Ich werde es begrüßen (…) dass wir weiter in dieser Angelegenheit zu diskutieren.

Danke und werden segnen.
Von Isabelle Seyyed.
isabelleseyyed22yrs@yahoo.com

Von: Mrs.Patricia Wagner info@patwagner.com
Betreff: Gesegnet ist die Hand, die gibt.
Datum: 2. Mai 2016
An: Recipients

Guten Tag und Gott segne Sie.
Ich fühle mich sehr sicher und Satisfy mit Ihnen in dieser Charity-project.My Namen zu tun ist MRS PATRICIA WAGNER, ein Kaufmann in Dubai, in der U.A.E. Die sono stati mit Speiseröhrenkrebs diagnostiziert. Es hat alle Formen der medizinischen Behandlung verunreinigt, und jetzt habe ich nur über ein paar Monate zu leben, nach Functional medizinischen Experten.

Ich habe beschlossen, AIMS zu Wohltätigkeitsorganisationen zu geben, wie ich das will eine der letzten guten Taten zu sein, die ich auf der Erde tun. Bisher habe ich Geld für einige Wohltätigkeitsorganisationen in der U.A.E, Algerien und Malaysia verteilt. Nun, da meine Gesundheit so schlecht verschlechtert hat, kann ich nicht tun dies selbst nicht mehr.

Die letzte meiner Geld, das niemand kennt ist die riesige Bareinlage von **zwölf Millionen US-DOLLAR $ 12.000.000,00** dass ich mit einem Finanz / Security Company im Ausland haben. Ich werde Sie mir diese Anzahlung zu helfen, sammeln und versendet es an Wohltätigkeitsorganisationen.

Ich habe **beiseite 25% für Sie** und für Ihre Zeit einstellen, wenn Sie wollen, dass ich helfen, diese Fonds zu sammeln und auch dieses Geld investieren.
E-Mail: patwagner34@gmail.com
Bleiben Sie im Namen des Herrn gesegnet.
Mit freundlichen Grüßen in Christus,

Frau PATRICIA WAGNER

Von: Ms. Sofia Johnson jsofia512@daum.net

Betreff: From Ms. Sofia Johnson

Datum: 20. April 2016

An: Recipients

Guten Tag meine Liebe,

Im Vertrauen, habe ich mich vorstellen, denn ich Frau Sophia bin Johnson 21 Jahre alt, ich bin das einzige Kind von verstorbenen Mr. & Mrs. Yve Johnson. Ich betete, bevor Sie bitte für Gott willen kontaktieren nicht die E-Mail als embrassment sehen, wie wir einander nicht kennen.

Ich wünsche für Ihre Unterstützung in meinen Bemühungen aufzufordern, die Übertragung meiner ererbten Geld für Investitionsvorhaben unter Ihrer Obhut und Richtlinie zu verschaffen, während ich in Ihrem Land meiner Ausbildung von dort fortgesetzt. Ich erbte **sechs Millionen vierhunderttausend Dollar ($6.400.000,00)** hier in meinem Namen mit einer der ersten Bank in meinem Land, und ich werde Ihre Hilfe bei der Aufnahme der Übertragung meiner ererbten Geld in Ihrem lokalen Konto für Anlagezwecke erfordern, wie es ist mein Wunsch, in Ihrem Land zu kommen, um meine Ausbildung weiter, während Sie kümmern sich um die Investition des Geldes nehmen.

Bitte Ich bin ein Waise und ich brauche Ihre Hilfe mein Geld geerbt, um Ihr Land zu übertragen und auch Ihre Hilfe eine schöne Schule für mich in Ihrem Land zu sichern, wo ich meine Ausbildung fortsetzen

Bitte warte ich von Ihnen zu hören bald.

Mit freundlichen Grüßen,
Ms. Sophia Johnson

Von: Mrs. Karen Olsen mrskarenols2318@daum.net

Betreff: Aw: Mein Brief

Datum: 25. März 2016

An: Recipients

Ich weiß, dass diese Nachricht, die Sie in größter Überraschung treffen könnten. Aber es ist nur meine dringende Notwendigkeit (…) die mich Sie für eine Transaktion für diese Weise zu kontaktieren. Ich bin Fräulein Marina Robert 19 Jahre das einzige Kind von verstorbenen Mr. und Mrs. Mrs.Jackson Robert. Mein Vater war ein sehr reicher Kakaohändler und Politiker in der Elfenbeinküste, die (…) zu Tode erschossen wurde.

Vor dem Tod meines Vaters (…) rief er mich heimlich auf seinem Bett Seite und sagte mir, er hat die Summe von **neun Millionen fünfhunderttausend USA Dollar. USD ($ 9.500.000)** auf einem Konto (…) hier in Abidjan in eines der wichtigsten Bank auszusetzen, dass er (…) meinen Namen als sein einziges Kind für die nächsten Angehörigen. Er auch erklärt, dass es wegen dieses Reichtums war, der er war zu töten und warnte mich über seinen Bruder.

Kontostand €
Herz, Schmerz
& Diridari
1.500.000,00
1.700.000,00
3.600.000,00
5.700.000,00
375.000,00
5.000.000,00
4.000.000,00
3.200.000,00
3.000.000,00
6.400.000,00
2.375.000,00
10.000.000,00
46.850.000,00

Ich möchte Sie mich mit dem folgenden zu helfen:
(1) Um ein Bankkonto zur Verfügung stellen, das Geld übertragen werden. (2) als Hüterin zu dienen. (3) zu veranlassen, für mich zu Ihrem Land zu kommen, um mein Studium fortzusetzen eine Aufenthaltserlaubnis in Ihrem Land zu erhalten.

Ich werde Ihnen **25% der Gesamtsumme** als Ausgleich bieten für Ihre Bemühungen nach der erfolgreichen Übertragung dieses Geld auf Ihr angegebenes Konto. Warten, von Ihnen zu hören, mir bitte antworten, wenn Sie mir mir sincerely.please antworten helfen kann, mit dieser E-Mail-Adresse zurück: marinarobert6@yahoo.com

Danke und Gott schütze dich Ich erwarte Ihre dringende Antwort.
Grüße,
Fräulein Marina Robert

Von: mrs.caropaul022@gmail.com
Betreff: My Dear
Datum: 31. Juli 2016
An: Recipients

My Dear,
Ich habe diese E-Mail zu beten es wird Ihnen in einem guten Zustand der Gesundheit gefunden, da ich mich in einer sehr kritischen Gesundheitszustand sind schlafe ich jede Nacht, ohne zu wissen, ob ich am Leben sein kann, am nächsten Tag zu sehen. Ich bin Frau Carole Paul, eine Witwe aus lange Krankheit leiden. Ich habe einige Mittel ich von meinem verstorbenen Mann geerbt hat, die Summe von Siebzehn **Millionen Dollar** Mein Arzt sagte mir, dass ich vor kurzem ernsthafte Krankheit haben, die Krebsproblem ist. Was stört mich am meisten meine Schlaganfall Krankheit. Nachdem mein Zustand bekannt, entschied ich mich, diesen Fonds zu einem guten Menschen zu spenden, dass es die Art und Weise nutzen, werde ich hier zu unterrichten werde. Ich brauche eine sehr ehrliche und gottesfürchtige Person, die dieses Geld beanspruchen kann und verwenden Sie es für einen guten Zweck arbeitet, für Waisenhäuser, Witwen und auch Schulen für weniger Privileg bauen, die nach meinem verstorbenen Mann benannt werden, wenn möglich, und das Wort Gottes zu fördern und zu dass der Aufwand ist das Haus Gottes gehalten.

Ich will nicht eine Situation, wo dieses Geld in das unheilige Weise verwendet werden. Deshalb habe ich diese Entscheidung nehme. Ich habe keine Angst vor dem Tod, damit ich weiß, wohin ich gehe. Ich nehme diese Entscheidung, weil ich die dieses Geld erben keine Kinder haben, nachdem ich sterbe. Bitte Ich möchte Ihre aufrichtig und dringende Antwort zu wissen, ob Sie dieses Projekt ausführen wird incendio, und ich werde Ihnen mehr Informationen geben, wie wird der Fonds auf Ihr Bankkonto übertragen werden. Ich warte auf Ihre Antwort.

Möge Gott Sie segnen,
Frau Carole Paul.

Kontoauszug 2

OHNE LOS VIEL

MOOS

Nur wer mitmacht, kann gewinnen? Das mag für unverzagte Tippschein-abgeber zutreffen – weltweit aber suchen herrenlose Lose verzweifelt ahnungslose Ge-winner! Nimm dieses schwere Los auf Dich und mach diese Gelder umgehend geltend!

Ihre E-Mail-Adresse hat gebracht Sie ein uner-wartetes Glück, die in der Euro Millions Lotterie ausgewählt und anschlie-ßend gewann man...

19,00

Kontostand €

Herz, Schmerz
& Diridari

46.850.000,00

Ohne Los
viel Moos

2.725.000,00

Von: office@amsterdamnationalpride.net
Betreff: OFFIZIELLE GEWINNBENACHRITIGUNG
Datum: 4. Oktober 2014
An: undisclosed recipients

NL Bankgiro Loterij
Van Eeghenstraat 70, 1071 GK Amsterdam,
K.v.K 41126590, Die Niederlande.

Sehr geehrter Herr / Frau,
Im Rahmen unserer Beitrag zur Armutsbekämpfung und fördern Selbst Vertrauen
in unserer unmittelbaren Gemeinden und die Welt im Allgemeinen, bei uns Bankgiro Loterij sind sehr erfreut, dass Ihre E-Mail-Adresse zu informieren (…) hat
man die Summe EUR gewonnen **2.725.000** (zwei Millionen siebenhundertfünf-
undzwanzigtausend Euro) in unserem erste Werbe-Gewinnspiel (…)

Dieses Programm wird von Konsortium von Software-Firmen hier in der ge-
sponserten Niederlande. Für weitere Informationen und Überweisungsverfahren,
wenden Sie sich bitte Bankgiro Promo Einheit mit über E-Ticketnummer, Ihre
vollständigen Namen und Ihre Telefonnummer auf den unten angegebenen Kontaktinformationen;
Cas van den Ende (Mr) Direktion für Ansprüche,
Tel: +31 (0) 619-784-801 Fax: +31 (0) 847-255-438
E-Mail: fundsreleaseinfo@luckymail.com

HINWEIS: Ihre volle Gewinn Details werden Ihnen zur Verfügung gestellt,
auf Ihre Antwort auf diese E-Mail-Benachrichtigung. Dies ist aus Gründen der Sicherheit und zur Vermeidung von Missbrauch dieses Programms durch skrupello-
se Internet-Nutzer. Wir dringend empfohlen alle Begünstigten rufen Sie uns bitte
an unser Büro oder für weitere besuchen Information. Lottoscheine sind nach wie
vor auf den Verkauf für unsere 12, 5 Mio. Euro Lotterie ziehen bald kommen.

Mit freundlichen Grüßen,
Dorien Graaf (Frau) Koordinator van Sweepstake.
Besuchen Sie unsere Website: http://www.bankgiroloterij.nl
© 2014 Bankgiro Loterij Inc. Alle Rechte vorbehalten

Von: EuroMillions1@aol.jpt
Betreff: Visit Our Office For Details
Datum: 30. Juli 2014
An: Recipients

Die EuroMillions Lotterie-Promotion
Online Lotterie-Abteilung
P.O. Box 1010 Liverpool
L70 1NL United Kingdom
Gewinn Notifikation

Wir werden gezwungen, zu Ihnen das Ergebnis der gerechten beendeten endgültigen Züge von des EuroMillions Summer die Online-Lotterie Beförderung anzukündigen, die Ihre E-Mail unter den 20 Glücklichen Gewinnern war, die €920.000,00 (Neun Hundert und Zwanzig Tausend Euros) gewonnen haben, jeder auf des EuroMillions Winter/Weihnachten Bonaza der Online-Lotterie Beförderung hat Freitag den 3 Tag von October 2014 datiert.

Dies ist vom gesamten Preisgeld von €18, 400.000,00 die unter den 20 glücklichen Gewinnern und Sie geteilt werden werden, sind äußerst glücklich, einer die glücklichen Gewinner zu sein, daher Sie werden sofort qualifiziert und berechtigt, ein gesamtes Preisgeld von €920.000,00 (Neun Hundert und Zwanzig Tausend Euros) zu empfangen, (…)

Die Online-Züge wurden von einer zufälligen Auswahl von E-Mail-Adressen von einer ausschließenden Liste von 290.600 E-Mail-Adressen von Individuen und Betriebskörpern geleitet, die von einer höheren automatisierten zufälligen Computersuche vom Internet gewählt werden. Jedoch, keine Karten wurden verkauft aber alle E-Mail-Adressen wurden zu verschiedenen Kartezahlen für Darstellung und Ruhe zugeteilt. Das Auswahlverfahren wurde durch zufällige Auswahl unserer computerunterstützten E-Mailauswahlmaschine (TOPASES) von einer Datenbank von über 290.600 E-Mail-Adressen ausgeführt, die von den ganzen Kontinenten gezeichnet worden sind.

Diese Lotterie (…) wurde genehmigt vom Vereinigten Königreich und España Staatsangehörigem Lotterie und auch Genehmigt durch die Die Internationale Vereinigung des Gamingregulierapparate (IAGR). Diese Lotterie ist das 3. von seiner Art und wir haben (…) sensibilisiert die Allgemeinheit dieser wunderbaren Initiative vor. Als angezeigten durch die computerunterstützte Auswahlmaschine, Zählt Ihr Glücklicher Stern Stürze innerhalb unseres Treuhänders Agenten in Madrid-Spanien und für Sicherheitsgründe, Sie werden geraten, Ihren Gewinn zu behalten, detailliert privat, bis Ihr Anspruch bearbeitet ist, und Ihr Preisgeld hat zu Ihnen zurückverwiesen, den Weise die Sie Anfall erachten.

Ihr Preisgeld zu beanspruchen, freundlich füllt die formula unten und vorwärts gleich zu unserem Treuhänder Agenten für endgültige Bestätigung, nachher Sie werden zur bezahlenden Bank geleitet werden, wo ein Scheck von EURO 920.000,00 schon in Ihrem Gefallen ausgegeben worden ist. (…) Ansprechpartner: Herr Manuel Max, Kontakt E-Mail-Adresse: mmax0637@gmail.com Kontakt Fax: 0034 917 903 966

Es ist bemerkenswert, Ihre siegreichen daten fern von der Allgemeinheit, besonders Ihre Glückliche Sternzahl zu halten, irgendeine Unstimmigkeiten zu vermeiden, als Eurosmillionen Online-Lotterie, die Beförderung verantwortlich von irgendeinen falschen Ansprüchen und seinen Folgen nicht sein wird.

Das ganze Personal und die Unternehmensleitung des Eurosmillion Online-Lotterie Beförderung Wunsches, Ihnen für diesen glücklichen Jackpot und zu gratulieren, geben bitte das Geld klug aus. VIELGLÜCK!

Mit freundlichen Grüßen,

Frau Caroline Mandez

Vorsitzende, Die EuroMillions Lotterie-Promotion

Online Lotterie-Abteilung

Kontostand €

Herz, Schmerz
& Diridari
46.850.000,00

Ohne Los
viel Moos

2.725.000,00
920.000,00

Kontostand €

Herz, Schmerz
& Diridari

46.850.000,00

Ohne Los
viel Moos

2.725.000,00
920.000,00
500.000,00

Von: davidbarbell@consultant.com
Betreff: Contact Our Accredited Agent
Datum: 13. April 2015
An: undisclosed recipients

FROM: THE PROMOTION DIRECTOR
ERGEBNISSE ZWEITE KATEGORIE DREW
INTERNATIONAL PROMOTION DEPT

MELDUNG FINAL AWARD WINNING: Wir freuen uns, Sie von der Veröffentlichung des lang erwarteten informieren Ergebnisse der EURO MILLIONEN PROMOTION, am 9. April 2015 in Madrid / Spanien, REF gehalten NUM: ES / A028985296 / EE, BATCH NUM: MLZ / 91663 / AHK. Referenznummer: ES / A028985296 / EE und Chargennummer MLZ / 91663 / AHK, Ihre E-Mail-Adresse angehängt auf die Ticketnummer: TK / 469/365 / 9NL, die die glücklichen Gewinnzahl zog, die folglich die gewonnen loterij in der zweiten Kategorie.

Sie haben für eine Zahlung von **500.000,00 Euros** (funfhunderttausend EURO.) In bar genehmigt gutgeschrieben REF NUM in Datei: / A028985296 / EE ES, ist dieser aus einem Preisgeld insgesamt Bargeld in Höhe von fünf Millionen EURO Gemeinsame unter den zehn internationalen Gewinner in der zweiten Kategorie.

Alle Teilnehmer wurden aus 98.000 gezogen durch ein Multi internationalen Computerstimmzettelsystem ausgewählt (Ninety achttausend) Namen der E-Mail-Nutzer auf der ganzen Welt, als Teil unserer Förderung.

Aufgrund up von einigen Namen und Adressen gemischt, bitten wir Sie, diese Auszeichnung persönlich zu halten, bis Ihr Ansprüche wurde Ihnen verarbeitet und Ihr Geld zurückverwiesen. Dies ist Teil unserer Sicherheitsmaßnahmen Doppel behauptet oder unberechtigt unter Ausnutzung der Situation von anderen Teilnehmern zu vermeiden oder Imitatoren.

Um Ihren Anspruch beginnen, nicht für die Freigabe von Ihren Gewinn-Datei von unserem akkreditierten kontaktieren
Agent: Herr David Barbell
Foreign Transfer Manager.
E-Mail: davidbarbell@consultant.com (…)

HINWEIS: Alle Gewinne beurkundet werden müssen, beachten Sie bitte, um unnötige Verzögerungen zu vermeiden und Komplikationen, bitte vergessen Sie nicht Ihre Referenznummer und Chargennummern in allen zitieren Korrespondenz.

Herzliche Glückwünsche!!!
Mit freundlichen Grüßen,
Frau Maria Alonso
FÖRDERUNG DIRECTOR

Von: vidalperez61@yahoo.es
Betreff: GEWINNMITTEILUNG
Datum: 31. Mai 2015
An: undisclosed recipients

Kontostand €

Herz, Schmerz
& Diridari
46.850.000,00

AKTENZEIHEN: EKGO/57-876/98-05
KUNDENNUMMER: MD-MA/YGHD-502

Ohne Los
viel Moos

Abschließende Mitteilung für die Zahlung des nicht beanspruchten Preisgeldes
2.725.000,00
920.000,00
500.000,00
8.540.225, 10

Wir möchten Sie informieren, dass das Büro des nicht Beanspruchten Preisgeldes in Spanien, unsere Anwaltskanzlei ernannt hat, als gesetzliche Berater zu handeln, in der Verarbeitung und der Zahlung eines Preisgeldes, das auf Ihrem Namen gutgeschrieben wurde, und nun seit über zwei Jahren nicht beansprucht wurde.

Der Gesamtbetrag der ihnen zusteht beträgt momentan **8.540.225.10 EURO.** Das ursprüngliche Preisgeld bertug 5.906.315,00 EURO. Diese Summe wurde fuer nun mehr als zwei Jahre, Gewinnbringend angelegt, daher die aufstockung auf die oben bennante Gesammtsumme. Entsprechend dem Büros des nicht Beanspruchten Preisgeldes, wurde dieses Geld als nicht beanspruchten Gewinn einer Lotteriefirma bei ihnen zum verwalten niedergelegt und in ihrem namen versichert.

Nach Ansicht der Lotteriefirma wurde ihnen das Geld nach einer Weihnachtsförderunglotterie zugesprochen. Die Kupons wurden von einer Investmentgesellschaft gekauft.Nach Ansicht der Lotteriefirma wurden sie damals Angeschrieben um Sie über dieses Geld zu informieren es hat sich aber leider bis zum Ablauf der gesetzten Frist keiner gemeldet um den Gewinn zu Beanspruchen. Dieses war der Grund weshalb das Geld zum verwalten niedergelegt wurde. Gemäß des Spanischen Gesetzes muss der inhaber alle zwei Jahre ueber seinen vorhanden Gewinn informiert werden.Sollte dass Geld wieder nicht beansprucht werden, .wird der Gewinn abermals ueber eine Investmentgesellschaft für eine weitere Periode von zwei Jahren angelegt werden. Wir sind daher, durch das Büro des nicht Beanspruchten Preisgelds beauftragt worden sie anzuschreiben.Dies ist eine Notifikation für das Beanspruchen dieses Gelds.

Wir möchten sie darauf hinweisen, dass die Lotterie Gesellschaft überprüfen und bestätigen wird ob ihre Identität uebereinstimmt bevor ihnen ihr Geld ausbezahlt wird. Wir werden sie beraten wie sie ihren Anspruch geltend machen.Bitte setztzen sie sich dafuer mit unserer Deutsch Sprachigen Rechtsanwaeltin in Verbindung

TEL.: 0034 631 792 622. DON. CARLOS FERNANDEZ ist zustaendig fuer Auszahlungen ins Ausland und wird ihnen in dieser sache zur seite stehen.Der Anspruch sollte vor den 17-07-2015 geltend gemacht werden, da sonst dass Geld wieder angelegt werden wuerde. Wir freuen uns, von Ihnen zu hören, während wir Ihnen unsere Rechtshilfe Versichern.

Mit freundlichen Grüßen
VIDAL AND PEREZ
RECHTSANWAELTE AM OBERSTN GERICHTSHOF
TEL. +34 631 792 622

Kontostand €

Herz, Schmerz
& Diridari

46.850.000,00

Ohne Los
viel Moos

2.725.000,00
920.000,00
500.000,00
8.540.225, 10
4.540.225, 10

Von: abogadosinfo@abogados.es
Betreff: Abschließende Mitteilung für die Zahlung eines nicht beanspruchten Preisgeldes
Datum: 5. Juni 2015
An: undisclosed recipients

A & A, ABOGADOS
Castellon De La Plama 20, 28006 Madrid, Spain.
FAX: 0034 917 692 837 Tel : 0034 602 056 566
Email: aa_abogadosa@consultant.com

AKTENZEICHEN: ZWI/57-876/98-15
KUNDENNUMMER: ZWI-SK/894/15
Abschließende Mitteilung für die Zahlung eines nicht beanspruchten Preisgeldes
Wir möchten Sie informieren, dass das Büro des nicht Beanspruchten Preisgeldes
in Spanien, unsere Anwaltskanzlei ernannt hat, als gesetzliche Berater zu handeln,
in der Bearbeitung und der Zahlung eines Preisgeldes, das auf Ihrem Namen gutgeschrieben wurde, und nun seit über zwei Jahren nicht beansprucht wurde.

Der Gesamtbetrag der Ihnen zusteht beträgt momentan **4.540.225, 10 EURO.**
Das ursprüngliche Preisgeld bertug 1.725.810,00 EURO. Diese Summe wurde fur
nun mehr als zwei Jahre gewinnbringend angelegt, daher die Aufstockung auf die
oben bennante Gesammtsumme. Entsprechend dem Büros des nicht Beanspruchten Preisgeldes, wurde dieses Geld als nicht beanspruchten Gewinn einer Lotteriefirma zum verwalten niedergelegt und in Ihrem Namen versichert.

Laut der Lotteriefirma wurde ihnen das Geld nach einer Weihnachtsförde-
rungslotterie zugesprochen; die Cupons wurden (…) sie damals angeschrieben um
Sie über dieses Gewinn zu informieren, es hat sich aber leider bis zum Ablauf der
gesetzten Frist niemand gemeldet (…). Dieses war der Grund , weshalb das Geld
zum verwalten niedergelegt wurde. Gemäß des Spanischen Gesetzes muss der Inhaber alle zwei Jahre uber seinen vorhanden Gewinn informiert werden.

Sollte dass Geld wieder nicht beansprucht warden, wird der Gewinn abermals
uber eine Investmentgesellschaft für eine weitere Periode von zwei Jahren angelegt
werden.Wir sind daher (…) beauftragt worden, sie anzuschreiben.Dies ist eine Notifikation für das Beanspruchen dieses Preisgelds.

Wir möchten sie darauf hinweisen, dass die Lotterie Gesellschaft überprüfen
und bestätigen wird, ob ihre Identität uebereinstimmt, bevor ihnen ihr Geld ausbezahlt wird. Wir werden sie beraten, wie Sie ihren Anspruch geltend machen.Bitte
setztzen sie sich dafuer mit unserer Deutsch Sprachigen Rechtsanwaeltin in Verbindung
FR. DR. MARI CARMEN, TEL: 0034 602 056 566 Email:
aa_abogadosa@consultant.com

Sie ist zustaendig fur Auszahlungen ins Ausland und wird ihnen in dieser Angelegenheit zur Seite stehen.Der Anspruch sollte vor dem 10-07-2015 geltend gemacht werden, da sonst dass Geld wieder angelegt werden wuerde.Wir freuen uns,
von Ihnen zu hören.
HOCHACHTUNGSVOLL
MARI CARMEN.

Von: Shoemaker Helen
Betreff: FINALE GEWINNMITTEILUNG
Datum: 20. März 2015
An: undisclosed recipients

Sehr geehrte Gewinner
(…) Wir freuen uns, Ihnen die Ergebnisse unseres INTERNATIONALEN El Gordo-La Primitiva-EURO-MILLIONS PROGRAMMES das am 18 März. 2015 veranstaltet wurde mitzuteilen. Ihr Name entspricht der Ticketnummer: (…) und mit den Gewinnzahlen :1-8-9-7-21 in der 2 Kategorie gewonnen hat.
Sie haben daher für einen Pauschalbetrag von €, 950.000,00 (neunhundert und fünfzigtausend euro) Auszahlung genehmigt worden gutgeschrieben Datei Referenz No. OKNOS/1255004/14/ESP durch eine der folgenden Zahlungsarten bezahlt werden. Barscheck, Überweisung oder Bargeld. Herzlichen Glückwunsch! Aus Sicherheitsgründen wurde Ihr Gewinn versichert und wird nach Datenverifikation von der Lotterie Gesellschaft ausbezahlt.
Alle Teilnehmer wurden, als Teil unseres Internationalen Werbeprogrammes in Asien, Europa, Nord- und Südamerika sowie Australien, durch ein Internet Computer Zufallsprogramm ausgewählt. Die 55000 Namen wurden von Ihrem Agenten bei der Lotteriekomission gekauft. Aufgrund einer Verwechslung von Namen und Adressen möchten wir Sie bitten, diese Mitteilung nicht an die Öffentlichkeit weiterzuleiten bis Ihr Gewinn an sie ausbezahlt wurde. Wir hoffen dass sie mit einem Teil Ihres Gewinnes an unserem jährlichen 1.3 Billionen Gewinnspiel teilnehmen werden.
Um ihren Gewinn zu beanspruchen und Ihn an ein von Ihnen genanntes Konto weiterzuleiten, kontaktieren Sie bitte Ihren Agenten:
DON JOSE PABLO, AUSFÜHRENDER DIREKTOR, AUSLANDSABEILUNG OCASO VERSICHERUNGEN S.A. TEL: 0034 631 542 937, FAX: 0034 911 820 197email –josepablo61@spainmail.com

Von: Die EuroMillions Lotterie-Promotions euroMillions1@aol.jp
Betreff: OFFIZIELLE GEWINNBENACHRITIGUNG
Datum: 4. Oktober 2014
An: undisclosed recipients

Die EuroMillions Lotterie-Promotion Online Lotterie-Abteilung
P.O. Box 1010 Liverpool L70 1NL United Kingdom

Gewinn Notifikation
Wir werden gezwungen, zu Ihnen das Ergebnis der gerechten beendeten endgültigen Züge von des EuroMillions Summer die Online-Lotterie Beförderung anzukündigen, die Ihre E-Mail unter den 20 Glücklichen Gewinnern war, die €920.000,00 (Neun Hundert und Zwanzig Tausend Euros) gewonnen haben, jeder auf des EuroMillions Winter/Weihnachten Bonaza der Online-Lotterie Beförderung hat Freitag den 3 Tag von October 2014 datiert.

Kontostand €

Herz, Schmerz & Diridari
46.850.000,00
Ohne Los viel Moos
2.725.000,00
920.000,00
500.000,00
8.540.225, 10
4.540.225, 10
950.000,00

Kontostand €

Herz, Schmerz
& Diridari
46.850.000,00

Ohne Los
viel Moos

2.725.000,00
920.000,00
500.000,00
8.540.225, 10
4.540.225, 10
950.000,00
920.000,00

Dies ist vom gesamten Preisgeld von €18, 400.000,00 die unter den 20 glücklichen Gewinnern und Sie geteilt werden werden (…) daher Sie werden sofort qualifiziert und berechtigt, ein gesamtes Preisgeld von €920.000,00 (Neun Hundert und Zwanzig Tausend Euros) zu empfangen, folgend den Ergebnissen die wir haben freigegeben heute und Ihre E-Mail wird befestigt, Zahl (…) unter anderen.

Die Online-Züge wurden von einer zufälligen Auswahl (…) einer höheren automatisierten zufälligen Computersuche vom Internet gewählt werden. Jedoch, keine Karten wurden verkauft aber alle E-Mail-Adressen wurden zu verschiedenen Kartezahlen für Darstellung und Ruhe zugeteilt. Das Auswahlverfahren wurde durch zufällige Auswahl unserer computerunterstützten E-Mailauswahlmaschine (TOPASES) von einer Datenbank von über 290.600 E-Mail-Adressen ausgeführt, die von den ganzen Kontinenten gezeichnet worden sind.

Diese Lotterie programmiert ordnungsgemäß wurde genehmigt vom Vereinigten Königreich und España Staatsangehörigem Lotterie und auch Genehmigt durch die Die Internationale Vereinigung des Gamingregulierapparate (IAGR). Diese Lotterie ist das 3. von seiner Art und wir haben zu hat sensibilisiert die Allgemeinheit dieser wunderbaren Initiative vor. Als angezeigten durch die computerunterstützte Auswahlmaschine, Zählt Ihr Glücklicher Stern Stürze innerhalb unseres Treuhänders Agenten in Madrid-Spanien und für Sicherheitsgründe, Sie werden geraten, Ihren Gewinn zu behalten, detailliert privat, bis Ihr Anspruch bearbeitet ist, und Ihr Preisgeld hat zu Ihnen zurückverwiesen, den Weise die Sie Anfall erachten.

Ihr Preisgeld zu beanspruchen, freundlich füllt die formula unten und vorwärts gleich zu unserem Treuhänder Agenten für endgültige Bestätigung, nachher Sie werden zur bezahlenden Bank geleitet werden, wo ein Scheck von EURO 920.000,00 schon in Ihrem Gefallen ausgegeben worden ist (…).
Ansprechpartner: Herr Manuel Max Kontakt E-Mail-Adresse: mmax0637@gmail.com Kontakt Fax: 0034 917 903 966

Es ist bemerkenswert, Ihre siegreichen daten fern von der Allgemeinheit, besonders Ihre Glückliche Sternzahl zu halten, irgendeine Unstimmigkeiten zu vermeiden, als Eurosmillionen Online-Lotterie, die Beförderung verantwortlich von irgendeinen falschen Ansprüchen und seinen Folgen nicht sein wird.

Das ganze Personal und die Unternehmensleitung des Eurosmillion Online-Lotterie Beförderung Wunsches, Ihnen für diesen glücklichen Jackpot und zu gratulieren, geben bitte das Geld klug aus. VIELGLÜCK!

Mit freundlichen Grüßen,
Frau Caroline Mandez
Vorsitzende
Die EuroMillions Lotterie-Promotion
Online Lotterie-Abteilung

Von: Jones, Montel mojones@petersburg.k12.va.us

Betreff: FINAL MELDUNG !!!!

Datum: 9. April 2016

An: undisclosed recipients

Glückwunsch,

Gratulation IHRE EMAIL ID HAT GERADE WON **(750.000.- €)Siebenhundertfünfzig Tausend Euro**, in der laufenden, Guinness Fortune International E-Mail-Lotterie-Preis in Spanien mit GLÜCKSZAHL 7/11/15/24/43 und REF: ES / 9520X2 / 78 und TICKET: ZAHLEN: 06/18/19/34/01/08 und BATCH: Nummer: 03/06/10/24/09/07.Ihre E-Mail-Adresse wurde auf einer Internet-zufällige Auswahl Übung gewählt basiert, Sie wurden von der Guinness-Gesellschaft gewählt. Weitere Informationen und Antragsverfahren Kontakt, ONLINE COORDINATOR.

Barr. Carlos Moreno

Tel: +34-632-593-469 TelFax:+34-911-233-211

Email:guinnessfortune06@gmail.com

Kontostand €	
Herz, Schmerz & Diridari	
	46.850.000,00
Ohne Los viel Moos	
	2.725.000,00
	920.000,00
	500.000,00
	8.540.225, 10
	4.540.225, 10
	950.000,00
	920.000,00
	750.000,00
	1.000.000,00
	1.000.000,00

Von: Claudia Wannack info@nortonfinance.co.uk

Betreff: unerwartet

Datum: 21. Juni 2015

An: Recipients

Ihre E-Mail-Adresse hat gebracht Sie ein unerwartetes Glück, die in der Euro Millions Lotterie ausgewählt und anschließend gewann man die Summe von **1.000.000 Euro.** Kontakt Monica Torres Email: euromillionsdpt@qq.com Ihren Preis in Anspruch nehmen.

Von: Gail Eatmon GEatmon@blue-ridge.org

Betreff: Re:

Datum: 3. Juli 2015

An: Recipients

Ihre E-Mail-Adresse hat gebracht Sie ein unerwartetes Glück, die in der Euro Millions Lotterie ausgewählt und anschließend gewann man die Summe von **€1.000.000,00 Euro.** Kontakt Monica Torres Email: monicatorres@rogers.com Ihren Preis in Anspruch nehmen.

Übertrag

Herz, Schmerz
& Diridari

46.850.000,00

Ohne Los
viel Moos

2.725.000,00
920.000,00
500.000,00
8.540.225, 10
4.540.225, 10
950.000,00
920.000,00
750.000,00
1.000.000,00
1.000.000,00
500.000,00
22.345.450,20

Von: EURO MILLION LOTERIA info@edie-events.org.gr
Betreff: Kontakt Unsere Accredited-Agenten
Datum: 13. April 2015
An: Recipients

VON: FÖRDERUNG DIRECTOR ERGEBNISSE ZWEITE KATEGORIE
DREW INTERNATIONAL PROMOTION DEPT

FINAL Preisgekrönte ANMELDUNG: Wir freuen uns, Sie von der Veröffentlichung des lang erwarteten informieren Ergebnisse der EURO MILLIONEN Förderung, auf 9. April 2015 statt MADRID / SPANIEN, REF NUM: ES / A028985296 / EE, Chargennummer: MLZ / 91663 / AHK. Referenznummer: ES / A028985296 / EE und Chargennummer MLZ / 91663 / AHK, Ihre E-Mail-Adresse angehängt auf die Ticketnummer: TK / 469/365 / 9NL, dass die glücklichen Gewinnzahl zog, die folglich die gewonnen Loterij in der zweiten Kategorie.

Sie haben für eine Zahlung von **500.000,00 Euros** (funfhunderttausend EURO.) In bar genehmigt gutgeschrieben REF NUM in Datei: / A028985296 / EE ES, ist dieser aus einem Preisgeld insgesamt Bargeld in Höhe von fünf Millionen EURO Gemeinsame unter den zehn internationalen Gewinner in der zweiten Kategorie.

Alle Teilnehmer wurden über ein Computer-System Stimmzettel gezogen internationale Multi von 98.000 ausgewählt (Ninety achttausend) Namen der E-Mail-Nutzer auf der ganzen Welt, als Teil unserer Förderung.

Aufgrund up von einigen Namen und Adressen gemischt, bitten wir Sie, diese Auszeichnung persönlich zu halten, bis Ihr Ansprüche wurde Ihnen verarbeitet und Ihr Geld zurückverwiesen. Dies ist Teil unserer Sicherheitsmaßnahmen Die Behauptung, zu verdoppeln oder unberechtigt unter Ausnutzung der Situation von anderen Teilnehmern zu vermeiden oder Imitatoren.

Um Ihren Anspruch beginnen, nicht für die Freigabe von Ihren Gewinn-Datei von unserem akkreditierten kontaktieren
Agent: Herr David Barbell
Foreign Transfer Manager.
E-Mail: davidbarbell@consultant.com

IHRE SICHERHEIT Die Datei ist NUMMER EU / 1237-H167 / EE (halten persönlich) Denken Sie daran, Ihre Gewinn Muss Beansprucht als nicht später (22-04-2015) Nach diesem Zeitpunkt könnten Mittel für die nicht beanspruchte zurückgegeben werden. Darüber hinaus sollte es sein, über jede Änderung Ihrer Adresse, haben Ihre Ansprüche Mittel so bald wie möglich.

HINWEIS: Alle Gewinne beurkundet werden müssen, beachten Sie bitte, um unnötige Verzögerungen zu vermeiden und Komplikationen, bitte vergessen Sie nicht Ihre Referenznummer und Chargennummern in allen zitieren Korrespondenz Herzlichen Glückwunsch !!!

Mit freundlichen Grüßen,
Frau Maria Alonso
FÖRDERUNG DIRECTOR

GETEILTES LEID IST GANZES

ERBE

Das läßt Dich erblassen: bereits verblasste oder demnächst von uns scheidende Erblasser haben ausgerechnet DICH zum alleinigen Erben von wahrlich nicht unbeträchtlichen Vermögenswerten eingesetzt. Selbstlos wie Du bist, wirst Du, natürlich mit angemessener Betroffenheit, dieses schwere Erbe antreten.

... ich suche Ihre Zustimmung an Sie als nächsten Angehörigen zu präsentieren, so dass die Erlöse aus diesem Konto Ihnen bezahlt werden...

29,00

Kontostand €

Herz, Schmerz
& Diridari

46.850.000,00

Ohne Los
viel Moos

22.345.450,20

Geteiltes Leid
ist ganzes Erbe

3.700.000,00

Von: ortiz289miro@gmail.com
Betreff: Mutual Cooperation
Datum: 26. Mai 2016
An: undisclosed recipients

ORTIZ ASESORES (... Mehr als eine Anwaltskanzlei ...) (…) Hiermit bitte ich Ihre Unterstützung und delegieren die notwendige Autorität, um Ihnen im Namen meines verstorbenen Kunden zu diesen Anspruch durchzuführen. Wer war ein Business-Magnat, der seit über einem Jahrzehnt in Spanien lebte vor seinem Tod. Ich habe Ihre Kontaktinformationen über Ihre Länderarchiv während für jede mögliche relative suchen oder einen Nachnamen ähnlich wie mein verstorbener Kunden. Unsere Arbeit unterliegt dem Anwaltsgeheimnis u(…). Since wir Sie holen zu helfen uns, (…) auch für alle Privilegien und Schutz für uns als Anwälte unterliegen.

Ich werde gerne weiter zu erklären, muss ich zuerst für diese unerwünschten E-Mails bei Ihnen entschuldigen. Ich erkenne dies nicht vorhersehbarer Weise die Herangehensweise, ein Vertrauensverhältnis zu fördern, sondern auch wegen der Umstände und der Dringlichkeit dieser Forderung umgibt. Ich beschloss, die Sie über diese Medien zu erreichen, mich zu begleiten Ansprüche an diesen Fonds zu setzen, bevor sie von den Behörden beschlagnahmt oder eingezogen wird. Vor meiner späten Client Tod; er machte eine gegenseitige Investitionen Einzahlung lohnt sich die Summe von **$ 7, 400.000,00** (sieben Millionen vierhunderttausend Dollar) mit einem Finanzierungs sicheren Aufbewahrung Investmentgesellschaft hier in Spanien und erklärte sie als Familienschatz. Als Rechtsanwalt / Berater, die während Registrierung der Einzahlung von meinem verstorbenen Kunden und Familie hat die Sicherheitsfirma offiziell mitgeteilt und mich beauftragt, Erben / Erbin zu präsentieren Ansprüche zu machen, so dass er / sie die herausragende Anzahlung geleistet werden kann, sonst die Fonds wird als nicht beanspruchten dem Bureau of Staatskasse eingezogen und genommen werden.

Ich begann umfangreiche Untersuchungen für eine mögliche Verhältnis zu meinem verstorbenen Client, der gescheiterte erwiesen. Ich war ein Ultimatum zu suchen jede mögliche relative für die Behauptung zu kommen gegeben. Nach umfangreichen Recherchen für jede mögliche Relativ die gescheiterte erwies, entschied ich mich, mit Ihnen Kontakt aufzunehmen; Mein Vorschlag an Sie ist, dass ich Ihnen als Erbe / Erbin des Finanz Verwahrung Investmentgesellschaft zu präsentieren. Ich weiß, dass Sie nicht sowieso zu meinem verstorbenen Client in Zusammenhang stehen können, aber einen gemeinsamen Familiennamen mit ihm haben es absolut notwendig ist für mich die Ähnlichkeit eines tatsächlichen nächsten Angehörigen zu machen, nehmen; das ist, wo ich Ihre Hilfe brauchen, obwohl ich, dass eine Transaktion dieser Größenordnung wissen könnte jemand besorgt machen, aber ich möchte Ihnen versichern, dass ich dieses Projekt für Sie mit dem Besten meiner Absicht als Rechtsanwalt / Berater, die während Registrierung vorschlage der Hinterlegung von meinem verstorbenen Client mit dem Finanzhaltung Unternehmen.

Die Moral ich an Ort und Stelle haben, kann ich garantieren, dass, wenn Sie meine Anweisungen (Die Herrschaft der Gesetze) und Kapitalisierung von einigen gerichtlichen Schießscharten folgen wird die Anzahlung uns freigegeben. Wohlgemerkt, dass diese Transaktion ist 100% risikofrei; es gibt kein Atom Risiko diesem Geschäft verbunden sind, wie ich alle moralities gearbeitet haben, um die Operation effektiv abzuschließen. Alles, was ich von Ihnen verlangen, ist Ihre ehrliche Zusammenarbeit; Ich garantiere, dass diese Transaktion unter einer legitimen Anordnung ausgeführt werden, die von jedem Rechtsbruch zu schützen. Nach dem erfolgreichen Abschluss dieses Projekts, sobald die Anzahlung Mitteilung zu Ihnen gewesen ist, werden wir den Inhalt im Verhältnis von **50% für Sie, 50% für mich** jeweils als unseren Gunsten (**$ 3, 7 Millionen** pro Stück) ausgezahlt.

Bitte Ihr Verständnis (…) bestätigen, indem sie es unterzeichnet und es mir über mein Büro (…) zurückschicken: (…) es wie oben Sie gleich ein Fax mit Ihren persönlichen Telefon / Faxnummer senden oder Sie können mich anrufen auf meine direkte Telefonnummer für eine effektive Kommunikation und mündliche Klärung darüber, wie weiter zu verfahren.
Wir freuen uns über Ihre Unterstützung in dieser Angelegenheit. (…)

Mit freundlichen Grüßen,
Herr Ortiz Ramiro
ortiz289miro@gmail.com, Tel: 011 34 602 056 294

Von: Rodgelyandu@outlook.com
Betreff: Gruß mein guter Freund
Datum: 21. Mai 2016
An: undisclosed recipients

Kann ich Ihnen vertrauen, da wir bei dieser Transaktion nicht vor erfüllen? Nach mehreren erfolglosen Versuch, jede meiner späten Client relativ zu finden habe ich beschlossen, Sie basieren auf Ihren Nachnamen similaritiy und Nationalität beide schlagen und diese ampount er hinter sich gelassen (**£ 9,5 Millionen**) vor Einbeziehung in tödlichen Autounfall mit seiner Familie zu kontaktieren. Ich brauche Ihre Hilfe seines Fonds in Ihrem Konto zu repatriieren, bin ich Barrister Lyandu Rodge, seinen persönlichen Anwalt. Kontakt mein Büro E-Mail (lyandurodge@outlook.fr) für weitere Details. Hoffe, dass Sie Englisch sprechen.

Von: infodonperez@lawyer.com
Betreff: ATTN DRINGEND 10.500.000 EURO
Datum: 8. Oktober 2015
An: undisclosed recipients

Mein lieber Freund,
Ich mochte mich erstmals gerne vorstellen. Mein Name ist Don. Perez Baldacci die personliche Investment Berater meines verstorbenen Mandanten . Er war als privater Geschaftsmann im internationalen Bereich tatig. Im Jahr 2008 erlag mein Mandant an einen schweren Herzinfarkt. Mein Mandant war ledig und kinderlos.

Kontostand €

Herz, Schmerz
& Diridari
46.850.000,00

Ohne Los
viel Moos
22.345.450,20

Geteiltes Leid
ist ganzes Erbe
3.700.000,00
***11.305.000,00**

*1 £=1,19€.
Alle £-Beträge sind
auf der Basis des
o.a.Wechselkurses
umgerechnet. Die
£-Beträge sind zum
Wechselkurs £/€
beim tatsächlichen
Auszahlungszeit zu
korrigieren.

Kontostand €

Herz, Schmerz
& Diridari
46.850.000,00

Ohne Los
viel Moos
22.345.450,20

Geteiltes Leid
ist ganzes Erbe
3.700.000,00
11.305.000,00
4.725.000,00
28.526.200,00

Er hinterliess ein Vermogen im Wert von **€ 10.500.000** (Zehn Millionen funfhunderttausend Euro), das sich in einer Bank in Spanien befindet. Die Bank liess mir zukommen, dass ich einen Erbberechtigten, Begunstigten vorstellen muss.

Nach mehreren Recherchen erhielt ich keine weiteren hilfreichen Informationen, uber die Verwandten meines verstorbenen Mandanten. Aus diesem Grund schrieb ich Sie an, da Sie den gleichen Nachnamen haben. Ich benotige Ihre Zustimmung und Ihre Kooperation um Sie als den Begunstigten vorzustellen.

Alle meine Bemuhungen Verwandte meines verstorbenen Mandanten zu finden, waren erfolglos. Infolgedessen wurde ich vorschlagen das Vermogen aufzuteilen, Sie erhalten **45% Prozent des Anteils** und 45% Prozent wurde mir dann zustehen. 10% Prozent werden an Gemeinnutzige Organisationen gespendet.

Alle notwendigen Dokumente beinhalten sinngemass auch das Ursprungszeugnis, um demnach Fragen von der zustandigen Bank zu vermeiden. Die beantragten Dokumente, die Sie fur das Verfahren benotigen, sind legal und beglaubigt. Das Vermogen enthalt kein kriminellen Ursprung. Das Verfahren wird einwandfrei ohne Komplikationen erfolgen, die Gelduberweisung wird rechts gema? abgeschlossen. Alles was ich von Ihnen benotige ist Ihr Vertrauen und eine gute Zusammenarbeit.

Kontaktieren Sie mich bitte unter der privaten Telefonnummer: 0034 665 973 918 FAX: 0034 917 903 678 Email: infodonperezxx@gmail.com

Die geplante Transaktion wird durch legale Rechtsmitteln fur Ihren rechtlichen Schutz gefuhrt.

Von: Davidkim1234567@foxmail.com
Betreff: DRINGEND ERFORDERLICH ACHTUNG
Datum: 7. August 2015
An: undisclosed recipients

Lieber Freund,

Ich bin Herr, David Kim Lee, ich bin für diese Unterbrechung sorry. Ich habe keine andere Möglichkeit, Sie als diese Art und Weise zu erreichen, benutzen Sie bitte mein apology.I bin ein Account-Manager zu einem unserer ausländischen Kunden zu spät akzeptieren. Es ist mein Interesse Sie in Bezug auf diese unseren Kunden in Kontakt zu treten, die einen Entwurf Konto in meiner Bank eröffnet. Es ist mit einer guten Geist des Herzens ich Ihnen diese große Chance eröffnet. Dieser verstorbene Kunde von mir Aktien fast den gleichen Namen haben wie Sie; Er starb als Folge von Herz-Zustand am 14. November 2011. His Herzkrankheit zum Tod aller Mitglieder seiner Familie wegen war in Fukushima Erdbeben und Tsunami-Katastrophe am 11. März 2011 in Nordosten von Japan, wo sie alle ihr Leben verloren.

Nach seinem Tod habe ich eine Routine Meldung an seine neue Adresse, bekam aber keine Antwort. Er starb, ohne Testament zu machen. Sein Entwurf Konto in meiner Bank vor seinem unglücklichen Tod geöffnet ist **$ 28.526.200,00** Dollar nur. Ich möchte Ihnen als Begünstigte des Verstorbenen zu präsentieren. Ich werde meine Position und Einfluss in unserer Bank, um sicherzustellen, geben sie dieses Geld zu Ihnen für unsere gegenseitigen Austausch verwenden. Wenn ich für Tage warten und hörte nicht von Ihnen, ich werde für eine andere Person zu suchen. Bitte erhalten, um weitere Informationen zu mir zurück.

Herzliche Grüße
Mr. David kim LEE

Von: Martin Buma paypal@pulse-services.co.uk
Betreff: Mein Wunsch, Sie zu kontaktieren
Datum: 30. Juni 2015
An: undisclosed recipients

Ich habe eine gegenseitig vorteilhafte Transaktion von **$9.4million**, um mit Ihnen zu scheren. Das Geld, gehören zu unserem späten Kunden aus Deutschland, der bei einem Autounfall ohne Angehörigen gestorben.
Das ist echte Anspruch, die von großem Nutzen für beide von uns sein wird. Sie berechtigen zu **50%** des Fonds werden während 50% wird mein sein. Bitte zurück zu mir, wenn Sie daran interessiert, um weitere Informationen sind.
Martin Buma

Von: 1303736074@qq.comet
Betreff: Ihre Erbansprüche
Datum: 29. Juli 2014
An: Recipients

Sehr geehrter Herr / Frau,
Ich möchte Ihnen mitteilen, dass spät Gianni Agnelli hat dich zum Nutznießer seines Willens. Er verließ die Summe von **sechzig Millionen, fünfhunderttausend Dollar (US $ 60.500.000,00)**, um Sie in der Zusatzvereinbarung und letzte Beweis für seine Will. Das mag seltsam und unglaublich es klingt, ist es ratsam, HOLLIS LAWFIRM Chambers über unsere persönliche E-Mail-Adresse für weitere Informationen kontaktieren.

Grüße,
Hollis Grey Chambers.

Von: sejas.martinez_anwalt221s@aol.fr
Betreff: Anwalt Dringend
Datum: 14. Februar 2015
An: Recipients

ABOGADOS ANWALTSKANZLEI DR Sejas Martinez
Ave del Teatre 42, 08001 Barcelona

Kontostand €

Herz, Schmerz & Diridari
46.850.000,00

Ohne Los viel Moos
22.345.450,20

Geteiltes Leid ist ganzes Erbe
3.700.000,00
11.305.000,00
4.725.000,00
28.526.200,00
4.700.000,00
60.500.000,00

TEL-+34 631 889 982, 911 981 292 FAX+34 917 692 881
REF: JS/SJJO/C 02/84122- 09/015

Lieber
Ich bin eine Rechtsanwaeltin hier in Spanien und ich brauche Ihre Hilfe bei der Rueckfuehrung von **13.500.000 USD,** hinterlegt durch einen Kunden, der mit seiner ganzen Familie hier in Barcelona starb. AlleVersuche, Mitglieder seiner Familie zu finden, war erfolglos. Ich gebe Ihnen weitere Informationen, nach Ihrer Reaktion auf diesen Vorschlag. Schicken Sie mir Email, damit ich es Ihnen im Detail erklaeren kann.

Mit freundlichen Gruessen,
Barr. Dr. Sejas Martinez

Arc del Teatre, 42 08001 Barcelona (Spain).Tel: +34-911 981 292, Fax 917 692 881,
E-mail: sejas.martinez@consultant.com

BITTE SENDEN SIE ES MIT DIESEM EMAIL:
sejas.martinez@consultant.com)

> **Von:** dereckmitchellprs@yahoo.co.uk
> **Betreff:** Meine dritte und letzte Mail Ihres Vererbung.
> **Datum:** 11. November 2014
> **An:** Recipients

Hallo
Ich möchte mich vorstellen wieder, ich bin Dereck, Mitarbeiter von Smith und Williamson Investment Plc. (England), ich wende mich an Sie in Bezug auf Albert, einen verstorbenen Kunden von meiner Bank und Investitions er vor achtzehn Millionen britische Pfund in Höhe 8 Jahre unter unseren Banken Management platziert (**18.000.000,00**). Ich würde respektvoll bitten, dass Sie den Inhalt dieser Mail vertraulich zu behandeln und zu respektieren, die Integrität der Informationen, die Sie kommen, indem sie als Ergebnis dieser Mail. Ich habe seit 8 Jahren verantwortlich für diese Abteilung gewesen und nach bestem Wissen, ich habe meine Pflicht mit Eigenkapital entladen.

Im Prozess der Überprüfung unserer Finanzbericht von meiner Abteilung, entdeckte ich, dass der Verstorbene keine nächsten Angehörigen hat, damit ich mich mit Ihnen, so dass ich Ihnen weitere Einweisung in meine Absicht geben kann und wie man auszuzahlen, die Gelder und Immobilien er hinter sich gelassen, nun mein Vorschlag; Ich bin bereit, Sie in die Lage zu versetzen, die Bank anzuweisen, als der nächste überlebenden Bezug auf Sie, die Kaution zu entlassen. Nach Erhalt des Anzahlung, ich bin bereit, das Geld mit Ihnen in zwei Hälften zu teilen. Das heißt, ich werde einfach an Sie als nächsten Angehörigen nominieren und haben sie die Kaution Sie freigeben. Wir teilen den Erlös **50/50**.

Ich bitte, dass Sie nicht die Chance, zu zerstören, wenn du nicht mit mir arbeiten lassen Sie mich wissen, und lassen Sie mich mit meinem Leben weitergehen, aber mich nicht zerstören. Ich bin ein Familienmensch mit Frau und Kindern; dies ist eine Gelegenheit, ihnen neue Möglichkeiten zu bieten. Es gibt eine Belohnung für dieses Projekt und es ist eine Aufgabe, lohnt Unternehmen.

Bitte, wieder stelle ich bin ein Familienmensch; und ich weiß, in mir, dass nichts gewagt ist nichts gewonnen, und dass Erfolg und Reichtum kommen nie einfach oder auf einem Teller Gold. Dies ist die eine Wahrheit, die ich von meinem Private-Banking-Kunden gelernt haben. Nicht mein Vertrauen verraten. Wenn wir einmütig sein können, sollten wir schnell auf diese einwirken.

Bitte setzen Sie sich sofort zurück, um mich für die weitere Kommunikation

Ich erwarte deine Antwort.
Grüße
Dereck Mitchell

Von: mayawilsn@gmail.com
Betreff: Geben Sie Ihr Interesse heute
Datum: 21. April 2015
An: undisclosed recipients

Schönen Tag
Ich hoffe, dass Sie große heute tun, Dies ist das zweite Mal, wenn Sie diesen Brief schicke, die Wahrheit, die ich bekam ist Ihre E-Mail-Kontakt im Internet und beschlossen, Sie zu diesem Geschäft Vorschlag zu kontaktieren.

Ich bin Mrs.Maya Wilson Leiter Rechnungswesen udit Abteilung der United Overseas Bank Kuala Lumpur Niederlassung Menara Chulan F14 Jalan Conlay, hier in Malaysia. Ich schreibe Ihnen, um einen Business-Vorschlag, der von einem immensen Vorteil für uns beide sein. In meiner Abteilung, ich den Manager Kuala Lumpur Regionalbüro ist, entdeckte eine Summe Geldbetrag auf einem Konto, das zu einem unserer ausländischen Kunden späten Geschäft Mogul mr gehört. Moises Saba Masri Milliardär, ein Jude aus Mexiko, die ein Opfer von einem Hubschrauberabsturz 10. Januar war 2010 killtinging ihn und seine Familienmitglieder. Saba war 46 Jahre alt. Auch in der Chopper zum Zeitpunkt des Absturzes war seine Frau, ihr Sohn Abrahams (Alberto) und seine Tochter-in-law. Der Pilot war auch tot.

Die Wahl der Kontaktaufnahme mit Ihnen ist aus der geographischen Natur, geweckt, wo Sie leben, vor allem aufgrund der Sensibilität der Transaktion und die Vertraulichkeit hier. Jetzt ist unsere Bank hat für keine der Verwandten warten auf den Anspruch zu kommen-up, aber niemand hat das getan. Ich persönlich nicht erfolgreich waren die Angehörigen bei der Suche, ich suche Ihre Zustimmung an Sie als nächsten Angehörigen / Will Empfänger an den Verstorbenen zu präsentieren, so dass die Erlöse aus diesem Konto geschätzt kann Ihnen bezahlt werden.

Es wird Sie auch interessieren zu wissen, dass ich alle benötigten Dokumente gesichert haben dieses up.I eine Witwe bin nach hinten und habe mein Plan gemacht, um Ihr Land zu verlagern, sobald der Deal over.My nur Sorge ist, wenn ich

Kontostand €

Herz, Schmerz
& Diridari
46.850.000,00

Ohne Los
viel Moos
22.345.450,20

Geteiltes Leid
ist ganzes Erbe
3.700.000,00
11.305.000,00
4.725.000,00
28.526.200,00
4.700.000,00
60.500.000,00
13.500.000,00
9.000.000,00

Kontostand €

Herz, Schmerz
& Diridari
46.850.000,00

Ohne Los
viel Moos
22.345.450,20

Geteiltes Leid
ist ganzes Erbe
3.700.000,00
11.305.000,00
4.725.000,00
28.526.200,00
4.700.000,00
60.500.000,00
13.500.000,00
9.000.000,00
8.900.000,00

kann, vertrauen diese Menge an Geld in Ihrem care.Please kann ich Ihnen ehrlich mit mir sein wollen, wenn ich Sie vertrauen können.

Bitte auf Ihrer Bestätigung dieser Nachricht und Angabe Ihrer Interesse, das ich Ihnen mehr information.endeavor liefern wird mir Ihre Entscheidung wissen lassen, anstatt halten mich warten.

Ich danke Ihnen im Vorgriff auf Ihre positive Antwort.

Mit freundlichen Grüßen
Frau Maya Wilson

Von: COUCH AND CASE INT' LAW CHAMBERS barr.couch@couchandassociates.com
Betreff: BUSINESS VORSCHLAG (BITTE Ihre Antwort ist erforderlich) !!!
Datum: 11. April 2016
An: undisclosed recipients

Logistik-Einheit, Unsere Referenz: SIB1000732985761

Ich bin Barrister Couch Scott Williams, britischer Staatsbürger derzeit in Dublin Irland. Ich habe ein Geschäft Vorschlag, was ich glaube, dass eine sehr gute Gelegenheit für uns beide sein, also beschloss ich, die Sie auf dieser Geschäftsmöglichkeit zu kontaktieren. Ich bin der persönliche Anwalt zu spät ist Mr. Morris Thompson ein amerikanischer Staatsbürger, der von 1973 bis 1976 in den Vereinigten Staaten und ein Geschäftsmann vor seinem Tod als Beauftragter des Bureau of Indian Affairs serviert. Er starb, während aus dem Urlaub mit seiner Frau zurückkehrt und einzige Tochter bei einem Flugzeugabsturz von Alaska Airlines Flug 261, die am 31. Januar einen geplanten internationalen Passagierflug war 2000 von Lic. Gustavo Diaz Ordaz International Airport in Puerto Vallarta, Mexiko, zu Seattle- Tacoma international Airport in Seattle, Washington, mit einem Zwischenstopp am Flughafen San Francisco in San Francisco Kalifornien.

Bis dahin hat Herr Morris Thompson ein alter Geschäftsmann mit einem Festgeld, lohnt sich die Summe von **€ 8.900.000,00** EURO (acht Millionen neunhunderttausend Euro) mit "ALPHA BANK GRIECHENLAND durch die ALPHA CREDIT UNION PLC". Und im Jahr 2008 auf mehrere Ankündigung Reife geschickt wurde jede seiner Familienmitglieder zu erreichen, aber dort, wo keine Antwort bis Datum und niemand hat gewesen incendio identifizieren oder als relativ erreichbar zu spät Mr. Morris Thompson, die sterben mit Seine Frau Thelma und einzige Tochter Sheryl, die die einzige nächsten Angehörigen auf sein Gut ist.

Einer der Grund, warum ich Sie kontaktiert, wird nach Functional der vorliegenden Gesetz in Griechenland bis zum Ende dieses Jahres 2016 Seine persönlichen Anwalt zu sein, wenn nicht imstande bin zu seinen nächsten Verwandten und Nutznießer dieses Fonds, der Wert der Summe von (…) **EURO 8.900.000,00 (acht Millionen neunhunderttausend Euro) zuzüglich der aufgelaufenen Zinsen** für diesen Zeitraum von 16 Jahren wird der Fonds an die Bundesregierung Treasury Konto rückgängig gemacht werden.

Vor diesem Hintergrund musste ich einen Ausländer, mir zu helfen in diesen Fonds erhalten von der Regierung Accounts aus, weil zwei schlechten Leaders /

Regierung dieser Fonds (…) in persönlichen Konten von berühmten und politischen Spitzenbeamten im Land eher umgeleitet werden als es für die richtige Investition mit, dass Wirtschaftswachstum und Entwicklung in dem Land oder eher für einen guten Zweck Werke fördern.

Also bitte ich Sie als Ausländer gerne als die nächsten Angehörigen zu meinem verstorbenen Client Mr. Thompson kennen zu stehen, dass Sie sein incendio diese Mittel für die beiden von uns erhalten. WAS getan werden müssen ist wie folgt:

Sie haben mich unten mit der Informationen und eine Kopie Ihres Personalausweises beigefügt, während Sie diese E-Mail antworten; [1] Vollständiger Name (…) Auch darüber informiert, dass diese Transaktion uns nur 5-10 Arbeitstage, um nur von Anfang an durchgeführt werden, wenn ich die oben genannten Informationen von Ihnen erhalten.

Ich werde einen Antrag an die Bank in Ihrem Namen einreichen, sobald ich Ihre Informationen erhalten und auch die erforderliche Genehmigung und Schreiben (…) zu Ihren Gunsten für die Bewegung der Mittel auf ein Konto zu sichern, die von Ihnen zur Verfügung gestellt wird. Dieser Prozess ist 100% risikofrei wie ich im September haben Sie alle Modalitäten zu sehen, dass eine rechtliche und rechtmäßiges Verfahren angewendet wird.

Bitte beachten Sie, dass ein Höchstmaß an Geheimhaltung und Vertraulichkeit jederzeit während dieser Transaktion erforderlich ist.

Ich werde Ihnen mehr Details über den Eingang Ihrer Informationen werden geben, wie oben gefordert, und ich werde es vorziehen, dass Sie erreichen mich über diese E-Mail-Adresse: (barr.couch06@outlook.com)

Ihre früheste Reaktion auf dieses Angebot Know versteht sich, dass ich Ihnen mehr von dieser Transaktion zu berichten. Freuen Sie sich E-Mails von Ihnen so bald wie möglich zu erhalten.

Mit besten Grüßen,
Barr. Couch Scott Williams.

Von: Aminu Bashir Wali, CFR info@mfa.org
Betreff: ATM Zahlungsbestätigung
Datum: 3. Dezember 2015
An: undisclosed recipients

Dies soll Ihnen offiziell mitteilen, dass wir dein Erbe Datei überprüft haben, und fand heraus, dass, warum Sie Ihre Zahlung nicht erhalten haben, weil man die euch gegeben Verpflichtungen in Bezug auf Ihre Erbschaft Zahlung nicht erfüllt haben.

Zweitens sono stati wir darüber informiert, dass Sie immer noch mit keiner Beamten in der Bank zu tun haben. Wir möchten Sie darauf hinweisen, dass eine solche illegale Handlung wie diese zu stoppen hat, wenn Sie wünschen, dass Ihre Zahlung zu erhalten, da wir entschieden haben, eine Lösung für Ihr Problem zu bringen. Im Moment haben wir Ihre Zahlung durch unsere schnellen Kartenzahlung Center Asien-Pazifik angeordnet, dass ist die neueste Anweisung von Mr. President, Muhammadu Buhari (GCFR) Präsident der Bundesrepublik Nigeria und

Kontostand €

Herz, Schmerz
& Diridari
_46.850.000,00_

Ohne Los
viel Moos
_22.345.450,20_

Geteiltes Leid
ist ganzes Erbe
3.700.000,00
11.305.000,00
4.725.000,00
28.526.200,00
4.700.000,00
60.500.000,00
13.500.000,00
9.000.000,00
8.900.000,00

Kontostand €

Herz, Schmerz
& Diridari
46.850.000,00

Ohne Los
viel Moos
22.345.450,20

Geteiltes Leid
ist ganzes Erbe
3.700.000,00
11.305.000,00
4.725.000,00
28.526.200,00
4.700.000,00
60.500.000,00
13.500.000,00
9.000.000,00
8.900.000,00
10.000.000,00
154.856.200,00

dem Bundesministerium für Finanzen.

Diese Karte Zentrum wird die ATM-Karte senden, die Sie Ihr Geld von jedem Geldautomaten zurückzuziehen in der Welt verwenden, können Sie auch mit der Karte bestellen, aber das Maximum ist sechstausend Dollar pro Tag, so dass, wenn Sie Ihre Fonds erhalten durch diese Methode, lassen Sie uns die Kartenzahlung Zentrum und auch die folgenden Informationen senden bitte wissen, kontaktieren Sie ihn sofort zu ermöglichen, fortzufahren

1. Vollständiger Name:
2. Telefon und Fax-Nummer:
3. Adresse waren Sie wollen, dass sie zu schicken
Die ATM-Karte (P.O Box nicht akzeptabel, nur Ihre Adresse):
4. Ihr Alter und aktuelle Besetzung:

Allerdings freundlich unterhalb der Ansprechpartner finden: Herr Godwin Emefiele Gouverneur Zentralbank von Nigeria Offizielle E-Mail: info2bank@aol.com Die Zahlung ATM Karte Zentrum **$ 10.000.000,00** zur Ausgabe heraus wurde beauftragt, als Teilzahlung für dieses Geschäftsjahr 2015. Auch für Ihre Informationen, müssen Sie mit einer anderen Person (en) oder im Büro (e) die weitere Kommunikation zu stoppen keine Schluckauf zu vermeiden Empfang Ihre ATM-Zahlung. Stellen Sie sicher, dass Sie Herr Godwin Emefiele kontaktieren, sobald Sie diese wichtige Botschaft für weitere Richtung zu empfangen und auch aktualisieren mich auf jede Entwicklung aus den oben genannten Büro. Das merkt Wegen Betrügern, wir Sie hiermit Geben Sie mit der neuen Regierung Transaktionsverhaltenskodex, das ist (atm-333) Ich weiß, dass Sie an diesem Code gegeben haben, wenn die Karte Zentrale wenden, indem sie es als Thema verwenden.

Mit freundlichen Grüßen,
Lobende Minister Für auswärtige Angelegenheiten.
Aminu Bashir Wali, CFR
Adresse: No. 3 Maputo Street,
Wuse Zone 3,
Abuja

WAHRES IST NUR

BARES

Zaudere und zögere nicht lange, sondern nimm diese großzügigen Angebote für bare Münze und greife schnell zu, denn der Gesetzgeber plant, den Besitz größerer Bargeldbeträge schon in naher Zukunft zu kriminalisieren!

...ist Ihre Aktentasche mit mir jetzt, und ich werde die Lieferung zu Ihnen zu machen (...) wo Sie zu liefern Sendung an Sie zu liefern sein wollen...

Kontostand €

Herz, Schmerz
& Diridari

46.850.000,00

Ohne Los
viel Moos

22.345.450,20

Geteiltes Leid
ist ganzes Erbe

154.856.200,00

Wahres ist nur
Bares

7.854.000,00

Von: secretaria_ealem@mrecic.gov.ar

Betreff: Bitte antworten

Datum: 8. April 2016

An: undisclosed recipients

Lieber Freund,

Dieser Brief der Vorschlag kam zu euch aus dem Büro von Dr. Finn Noah, der Assistant Manager Lloyds Bank (…) North West London, hier in England. In meiner Abteilung, entdeckte ich eine verlassene Summe von £16, 5 Millionen Pfund (…) in einem Konto, das gehört zu einem unserer ausländischen Kunden (…) Brian James, ein Amerikaner, (…), dass Opfer von einem Hubschrauberabsturz im Jahr 8. Juni 2012, war in Florida Sumpf ihn und Familienmitglieder zu töten. Brian war 45 Jahre alt. Auch in der Chopper zum Zeitpunkt des Absturzes war seine Frau Rebecca, 43, und das Paar die Kinder – Brandon, 15; Boston, 13; Beau, 11; und 8-jährige Roxanne – wurden getötet. Der Pilot war auch tot.

Vor diesem tragischen Vorfall, der bis zu seinem Tod führen, hatte verstorbenen Herrn Brian James die Lloyds Bank angewiesen, die Bankomatkarte des Kontos, das die Summe enthalten schicken £16, 5 Millionen Pfund an einen seiner Cousine in Ihrem Land. Aber als die Manager dieser Bankfiliale Ich entdeckte er keine Details über diesen unbekannten Vetter (…). So Mein Vorschlag (…) werde ich Ihnen als Cousin der verstorbene Mr. Brian James präsentieren, die für mich sehr einfach ist, wie der stellvertretende Direktor der Bank zu tun (…) die Lloyds Bank kann diese Bankomatkarte zu Ihnen, und andere Details über dieses Konto senden, die Sie in der Lage sein wird, damit Gelder zu transferieren und ziehen aus Dieses Konto selbst.

Mit dieser ATM CARD können Sie **100.000,00 Euro zurückzuziehen täglich** wird man .Wir die **£ 16, 5 Millionen Pfund** in diesem Verhältnis zu teilen, **40% für Sie und 60% für mich**; Ihre dringende Antwort benötigt wird, und geben Sie mir Ihre Details wie folgt: Auf die Antwort zu erhalten, werden wir für ein Treffen zwischen uns planen, so können wir weiter treffen und zu diskutieren. Antwort auf meine E-Mail: Dr.Finnnoah-office@accountant.com

Ich habe kontaktiert Sie glauben, dass Sie nicht jemand über diese Transaktion offenzulegen oder sagen, und dass Sie es ein Geheimnis zwischen uns halten, nicht zu gefährden unseren Erfolg und wie Sie wissen, dass mein Ruf auf dem Spiel steht, wenn Sie jemand über diese Transaktion erzählen. Ich vertraue darauf, dass Sie eine ehrliche Person und wird mich nicht verraten (…) und dass ich meinen Anteil an diesem Fonds recht erhalten. Sobald wir diese Transaktion innerhalb von 5 Tagen die Lloyds Bank wird der Start schicken ATM-Karte und andere Details des Kontos zu Ihnen.

Bitte antworten Sie mir, anstatt halten mich warten.
Freundliche Grüße,
Dr. Finn Noah

Von: wumt5@cchfdc.com
Betreff: UN Cash Grant !!
Datum: 21. Juni 2016
An: undisclosed recipients

GELDTRANSFER DER WESTUNION ITALIEN PAY-OUT CENTER

Lieber Begünstigte,
UNITED NATIONS Zahlungsbestätigung.

Wir möchten Sie informieren, dass die Vereinten Nationen (UN), um uns Ihnen einen Gesamtbetrag von **$ 500.000,00** (fünfhunderttausend US-Dollar) zu erlassen genehmigt hat.

Ihr Geldpreis wurde uns von den Vereinten Nationen ausgezahlt, und sie haben bei der Ablagerung Ihre ganze Fonds mit uns hier bei Western Union Italien erfolgreich gelungen. Sie haben bestellt uns jetzt die volle Verantwortung in den Transferprozess deines Vermögens zu nehmen und damit die sofortige Überweisung deines Vermögens zu Ihnen aufnehmen.

Ordnungsgemäß darüber informiert, dass aufgrund unserer Western Union Transferpolitik, wird Ihr Geld zu Ihnen über unsere Western Union **täglichen Transfer Limit von $ 5000,00** USD gezahlt. (…) und dieser Betrag kann von jedem unserer zahlreichen Western Union Filialen in Ihrem aktuellen Standort gesammelt werden. Um den Anspruch Prozess des täglichen Zahlung beginnen, wie oben angegeben, liefern Sie uns bitte mit der folgenden: Vollständiger Name (…) Nach dem Erhalt der oben genannten Details, wird Ihre erste Transaktion aktiviert werden, und dann werden wir Sie zur Verfügung stellen, gehen Sie mit der Money Transfer Control Number (MTCN) für die erste Tranche und wir werden Sie auch weiterhin andere nach 12 Stunden per E-Mail jedes Empfangs Zahlung.

Für weitere Informationen über Ihre Zahlungsstatus: Gesprächspartner Antonella Boschi Für Mario Zanetti. Oder rufen Sie unsere 24 Stunden Helpline @ + 39-389-230-3166, für alle Anfragen an die obige Meldung.

Mit freundlichen Grüßen,
Antonella Boschi

Für: Western Union Italien.
WESTERN UNION … über 380.000 Outlets Worldwide

Kontostand €

Herz, Schmerz
& Diridari
46.850.000,00

Ohne Los
viel Moos
22.345.450,20

Geteiltes Leid
ist ganzes Erbe
154.856.200,00

Wahres ist nur
Bares
7.854.000,00
500.000,00

Von: Mr. Richard
Betreff: Good Day
Datum: 13. Februar 2016
An: Recipients

Aufmerksamkeit

Wir freuen uns, Ihnen, dass Ihre Entschädigungsfonds von 8.500.000,00 zu informieren USA Dollar wurde in ein in **Bargeld** und verpackt umgewandelt Sendung. Der UN-Diplomat ist in den Vereinigten Staat mit dem Sendung; alles, was Sie jetzt tun müssen, ist die diplomatische Mittel zu kontaktieren in uns mit Ihren vollständigen Namen und Lieferadresse , damit er Ihre liefern Sendung an der Tür ohne weitere Verzögerungen.

Einzelheiten des Diplomaten (…) Name: Mark Carney E-Mail: markcarney4474@gmail.com

Herzlichen Glückwunsch noch einmal. Grüße,
Mr. Richard Markham, UN-Payment Director.

Von: Capital Delivery Service
Betreff: Delivery Alert!
Datum: 4. Juli 2015
An: Recipients

Lieferung Alert!

Dies ist eine Erinnerung daran, dass Ihr Gutschein noch Lieferung in unserem Transitpunkt London (England). Es (…) wartet Pickup seit Dezember 2014. Sie werden erwartet uns eine Bestätigung der exakten Empfängeradresse anzurufen oder eine E-Mail.

Empfänger Post Angaben erforderlich unten angegeben sind;(…).

Aus unserer Datenbank, scheint es, dass Ihr Paket mit hoher Priorität Lieferung kommt (…) (hochvertraulicher Paket), so sollten Sie in diesem Fall sofort zu besuchen. Es ist auch, dass Sie, wenn Sie für eine an unser Büro in London zu kommen, bestätigen beraten wollen Selbstabholung oder wenn Sie wollen, dass wir Sie in Ihrer Position zu liefern.

Für mehr Informationen, antworten freundlich nur mit den erforderlichen Informationen zu (tomlcas@aim.com) oder Herrn Tom A Lucas auf 447.448.769.707 nennen. Hinweis: Dies ist eine sehr wertvolle Lieferung ist und so müssen Sie auf alle Nachrichten sofort teilnehmen.

Tom A Lucas, (Zusteller)
Tel: +447448769707 E-Mail: tomlc.

Von: Faroh Williams w.faroh@yahoo.itet

Betreff: Genehmigter Brief

Datum: 7. August 2014

An: undisclosed recipients

Lieber Begünstigte,

Diese E-Mail ist auf Ihre Nachricht zu bringen, dass Ihre E-Mail unter den sieben hundertfünfzig tausend E-Mail-Adresse kam heraus, die zufällig im Internet für ein Online-Programm balloting Auswahl ausgewählt wurde, für eine Entschädigung für die Summe von **neun hundertzwanzigtausend Euro Bargeld** Belohnung von den Vereinten Nationen 2014 Charity-Programm weltweit.

Diese Auswahl wurde von der Gaming Association mit einem Online-Programmierung balloting System ausgeführt. Um in die Behauptung dieser Summe Datei, wird empfohlen, hiermit Ihre Auszahlung Agent Büro in Italien zu kontaktieren, mit dem Namen Sig Mark Boldi mit Telefonnummer +39 3510191795, und liefern ihn mit Ihrem Namen, Herkunftsland und Telefonnummer. Herzlichen Glückwunsch zum Lohn noch einmal und wir warten, von Ihnen zu hören.

Grüße, Williams Faroh, Der koordinierende Agent.

Von: Martin Enrique

Betreff: Willie is dead

Datum: 26. April 2015

An: Recipients

E-Mail: martinenrique100@gmail.com Ref: RS / 218-22 / 4C

Dies ist mein zweiter Brief an Sie (…) Ich bin der persönliche Anwalt Willie, der vor einigen Jahren gestorben, Mai seine sanfte Seele in Frieden ruhen, vor seinem Tod, hinterlegt er eine Trunk Box / Diplomatic Persönliche Schatz , die Summe von **8.752.000, -** $ enthält (acht Millionen siebenhundert zweiundfünfzigtausend US-DOLLAR NUR) mit einer Sicherheitsfirma hier in Spanien. Aber (…) jetzt ist das Unternehmen rechnet mit jemand mit demselben Nachnamen (…) die speziell von meinem Büro bezeichnet, das Geld zu verlangen.

Meine Bemühungen Alle seine Familienangehörigen zu erhalten, waren nicht erfolgreich, so dass ich über Ihre Kontaktinformationen kamen und beschlossen, zu fragen, für Ihre Mitarbeit Sie für das Unternehmen als seine nächsten Angehörigen zu präsentieren, so dass das Geld für unsere gemeinsame Nutzung von Ihnen bezahlt werden Wenn Sie, auf dem auf Ihre Vereinbarung ausgehandelt werden, interessiert sind, antworten Sie mir bitte und beachten Sie, **dass Sie die einzige Person sind Ich in Verbindung gesetzt haben.**

Bitte senden Sie Ihre Antwort nur über diese E-Mail: martinenrique100@gmail.com

Freundliche Grüße,

Martin Enrique.

Kontostand €

Herz, Schmerz
& Diridari

46.850.000,00

Ohne Los
viel Moos

22.345.450,20

Geteiltes Leid
ist ganzes Erbe

154.856.200,00

Wahres ist nur
Bares

7.854.000,00
500.000,00
8.500.000,00
920.000,00
8.752.000,00

Von: US Department Of Homeland Security
Betreff: AW: US-Ministerium für innere Sicherheit braucht Ihr Interesse geweckt?
Datum: 28. Oktober 2015a
An: undisclosed recipients

Kontostand €

Herz, Schmerz
& Diridari

46.850.000,00

Ohne Los
viel Moos

22.345.450,20

Geteiltes Leid
ist ganzes Erbe

154.856.200,00

Wahres ist nur
Bares

7.854.000,00
500.000,00
8.500.000,00
920.000,00
8.752.000,00
10.999.905,00

Das US-Ministerium für innere Sicherheit, MG Jeh Charles Johnson. Lowenberg, Generaladjutant und Direktor State Military Abteilung Washington Militärabteilung, bldg1 Camp Murry, Wash 98.430-5000 USA.

Guten Tag Ihnen,
Ich hoffe, dass diese E-Mail findet man in einem guten Geist und in guter Gesundheit? weil ich ganz Ihrer Verluste in den vergangenen Jahren durch diese Sicherheitsbüro intelligente Spur Geräte jetzt bewusst bin, kann es Sie überraschen, dass ich auch Ihrer Sendung (…) In Benin, Ghana, Togo, Nigeria, Spanien, Frankreich, Malaysia bewusst bin, Indonesien, China, Korea und etc .

My Name ist Supp. Jeh Charles Johnson, der aktuelle Sekretär des US-Ministerium für innere Sicherheit, ich bin für alle Auslandsgeschäfte in Afrika Europa zu überwachen und Asien und das hielt mich in ständig um die Welt zu reisen.

Ich habe jetzt seit der Regierung von Präsident Barack Obama für innere Sicherheit Secret Service in der US-Abteilung gewesen, die verschiedenen Transaktionen Überwachung geht in Afrika, Europa und Asien, ganz besonders Einlieferungen Hüllen A.T.M Kartenetuis und Banküberweisung. Ich beabsichtige nicht, den Tag zu verderben, oder Sie unter Zwang zu setzen.

Aber man kann nicht alle Ihre Sendungen (…) Verfolgung, ohne Abstand von diesem US-Ministerium für innere Sicherheit. Aber bei meiner Ankunft in Kenia nach servies von Treffen mit unserem Präsidenten Barack Obama und UN-Generalsekretär Ban Ki-Moon, aufgrund zahlreicher beschwert sich von anderen Sicherheits-Agenturen aus Afrika Asien, Europa, Ozeanien, Antarktis, Südamerika und den Vereinigten Staaten von Amerika Beziehungsweise, und gegen die Kenia Regierung und Nigeria (…) gehen Betrügerische Aktivitäten auf in dieser Afrika-Länder und der ganzen Welt.

Als ich in der Kenia Parlament in Nairobi ankommen und über alle Fälle von unbezahlten Gelder gehen, ich Ihre gefunden Datei Sendung Box Räumungs liegen auf dem Foreign Affair Büro-Schreibtisch, ohne Aufmerksamkeit und auf einer gründlichen Prüfung, entdeckte ich, dass Ihre Sendung aufgegeben wurden von Ihre Zusteller. Inzwischen war ich zu verstehen gegeben, dass das Foreign Affair Amt haben versucht, Sie zu erreichen, aber keine Möglichkeit, und sie haben mehrere Versuche (…) zu kontaktieren, aber ohne Erfolg.

Zu meiner größten Überraschung, während meiner letzten Routine neu zu überprüfen, entdeckte ich persönlich, (…) dass Ihre Sendung mittlerweile Personal Effects enthält, enthält es US-Dollar Bargeld **11 Millionen US $ Dollar**, (…) , die es unmöglich für die Sendung gemacht Ihnen früher vor jetzt geliefert werden.

Auf der Basis dieser persönlichen Entdeckung, ich Sie jetzt wende mich an, damit Sie wissen, dass mit meiner Position und Macht als Sekretär des US-Heimatschutzministerium und jetzt bin ich derzeit hier in der Republik Kenia, diese Angelegenheit aller unbezahlten ausländischen Zahlungsabwicklung zu ihrer jeweiligen

Eigentümer wie Sie, kann ich Ihnen helfen, rechtlich Ihre Sendung Fonds zu löschen und persönlich, die Sendung auf meinen Reisen zurück zu Ihnen, aber Sie müssen mit den nachstehenden Bedingungen einverstanden. Weil ich haben unser Büro in Washington, DC von hier in Kenia genannt, die das Abfangen wurde, um alle Ihre E-Mail-Kommunikation, Telefon Text / SMS-Nachrichten & alle Telefongespräche, mit Hilfe von Mtn, Tigo Vodafone und Airtel Netzwerk Kenia.

Ich habe auch einige Informationen von unserer Heimatschutzbüro hier in Kenia vertreten, haben sie über Ihre E-Mails bestätigt, und andere Mitteilungen, die Sie zu tun haben und Senden von Geld, um Menschen in Benin, Ghana, Südafrika, Togo, Nigeria, UK & etc die behauptet, die Western Union Direktoren und Vertreter von anderen inoffiziellen Büros zu sein. Sie sind auch mit einer Bank und andere Namen zu tun, die ich noch von unserem Büro in Washington, DC zu mir weitergeleitet bin warten. Mein Büro Behörde haben alle Ihre Umgang mit diesen Ganoven überwacht.

Sie sind Ratschläge (…) weiteren Umgang mit all den oben genannten Personen zu stoppen, bis wir unsere Untersuchung abzuschließen. Denn mit ihnen Ihr Umgang ist als illegale Transaktion bezeichnet. Ich möchte Ihnen mitteilen, dass wir die innere Sicherheit auf für alle oben genannten Namen achten ist, vor allem diejenigen, die der Direktor des westafrikanischen Schuldenregelung, Western Union und Geld-Gramm und ATM-Karte Büros und einschließlich der Immobilien Erholung zu sein behauptet Benin . Alle diese genannten Personen sind Betrüger, und wir beabsichtigen, sie bald zu begreifen.

Ich möchte Sie bitte aufhören zu kommunizieren und den Umgang mit ihnen, bis wir unsere Untersuchung abzuschließen. Ich wünsche Ihnen über die neuesten Entwicklungen zu informieren über Ihre Sendung Box Inhalt Ihrer gesamten **USD 11 Millionen $**, die bereits wurde mir heute übergeben. Ihre Sendung Box Inhalt Ihrer gesamten **USD 11 Millionen $** wurde heute nach dem zwischen mir und einigen der Top-Parlamentarier von Kenia und dem Foreign Affair Minister in Kenia Hauptstadt Commecial Hauptsitz Nairobi, wegen der Verzögerung von Ihnen gehaltenen Sitzung, die mir zugewiesen als niemand hat von Ihnen heared jetzt Ihre Sendung Box für lange Zeit zu erhalten.

Dementsprechend haben wir alle Ihre Sendung Box "Abfertigungsgebühren" verzichtet weg und genehmigte die Regierung von Kenia Republik zu gestatten Sie mir, mit dieser Ihrer genehmigten Sendung Box fliegen, um die Lieferung zu Ihnen machen, ohne jede Verzögerung, die sie vereinbart haben. **Die einzige Gebühr,** die Sie Ihre Sendung Box erhalten in Ihrem Besitz zu bestätigen bezahlen wird, ist die "Air Flight Gewicht Fee" Ihrer Sendung Box, die nur die Summe von **USD 95,00 $** ist.

Mit anderen Worten ist Ihre Aktentasche mit mir jetzt, und ich werde zu Ihrem Land kommen, die Lieferung zu Ihnen zu machen, sobald Sie mir Ihre unter Versand Details / Adresse geschickt, wo Sie Ihre Sendung an Sie zu liefern sein wollen.Ihr vollständiger Name: … Ihre vollständige Adresse:… Der direkte Telefonnummern: … Vorzugsweise können Sie uns Ihre Handy-Nummer zu senden einen dringenden direkten Kontakt mit Ihnen daher die Ankunft in der Stadt zu ermöglichen.

Daher höre ich von Ihnen auch die MTCN Zahlen für die Gebührenzahlung

Kontostand €

Herz, Schmerz
& Diridari
46.850.000,00

Ohne Los
viel Moos
22.345.450,20

Geteiltes Leid
ist ganzes Erbe
154.856.200,00

Wahres ist nur
Bares

7.854.000,00
500.000,00
8.500.000,00
920.000,00
8.752.000,00
10.999.905,00

Kontostand €

Herz, Schmerz
& Diridari

46.850.000,00

Ohne Los
viel Moos

22.345.450,20

Geteiltes Leid
ist ganzes Erbe

154.856.200,00

Wahres ist nur
Bares

7.854.000,00
500.000,00
8.500.000,00
920.000,00
8.752.000,00
10.999.905,00
37.525.905,00

der Air Flug Gewicht Kosten Ihrer Sendung Box, die die Summe von **USD 95,00 $** ist nur, dann werde ich mit Ihrer Sendung Aktentasche Box Inhalt Ihrer **USD $ 11.000.000, -** kommen zusammen (…) , aber das als Sekretär der Abteilung für innere Sicherheit die Vereinigten Staaten von Amerika, ich bin ein US-Regierung geheime Security Agent und ich habe die Macht, um durch jeden Flughafen Zoll- und Sicherheitsagenten ohne persönliche Inspektion oder Inspektion, was ich mitnehmen.

Und sobald ich in Ihrem Land ankommen, werde ich Sie ein Telefongespräch geben und sofort eine E-Mail, um Sie von meiner offiziellen Ipad Hand Computer, die mit mir ist immer senden, während rund um die Welt zu reisen, so dass Sie mir eine Richtung geben wird, wie wir können von Angesicht zu Angesicht, und ich werde Ihre Sendung Box Sie körperlich übergeben, bevor sie in den Staaten zurück zu meiner Amtspflicht Beitrag fortfahren. (…)

Ich habe diese Aufgabe auf mich genommen, weil ich verstehe, dass Sie wirklich so sehr auf die Kosten dieser Lieferung bezahlt haben, die ich jetzt aufhören wollen, weil nichts von Ihnen empfangen wurde. So geraten werden, mich zu kontaktieren, damit Sie sofort diese E-Mail bekommen, da hat alles ok getan worden. (…)

Senden Sie die Gebühr in Höhe von USD 95,00 $ über Money Gram oder Western Union Money Transfer der unten angegebenen Empfänger Namen und Informationen verwenden.

Name des Empfängers: Innocent Abinne;
Land: Kenia;
Stadt: Nairobi;
Menge: USD $ 95,00;
Frage: Gott ist;
Antworten: Gut;
MTCN : … Name des Absenders: … ; Absenderadresse: …

Sobald Sie die Gebühr zu senden, stellen Sie sicher, dass Sie mir die MTCN Zahlen, Absendernamen und andere Zahlungs information. Once Sie das Geld senden, versuchen Sie mich sofort zur Bestätigung mit dem MTCN zu informieren und für die unmittelbare Wirkung auf den Versand von Ihre Sendung und ihre über POS=TRUNC an Sie über. Auch Sie sind uns alle E-Mail zu übermitteln, die Sie wurden von Menschen für eine ordnungsgemäße Überprüfung und Untersuchung empfangen, bevor Sie mit ihnen in Ordnung beschäftigen.

Mit freundlichen Grüßen,
Supp. Intelligency GENERAL,
Jeh Charles Johnson
Von der US-Ministerium für innere Sicherheit
rufen Sie mich unter + 254-739356-681

ALLES GUTE KOMMT VON

GANZ OBEN

Zweifel, ob es denn wirklich mit rechten Dingen zugeht, sind zwar erlaubt, aber dennoch vollkommen unangebracht: Sind es doch allerhöchste Regierungsvertreter, ranghohe Militärs oder untadelige Beamte, die – z. T. gegen eine geringe Gebühr – gerecht und doch großherzig verwaiste Gelder nicht unter ihren eigenen Armen sondern unter den Ärmsten verteilen!

... Dieser Betrag ist für Sie bezahlt werden, weil Sie als Begünstigter der Vereinten Nationen Armutsbekämpfung Programm in Ihrer Region ausgewählt...

Kontostand €

Herz, Schmerz
& Diridari

46.850.000,00

Ohne Los
viel Moos

22.345.450,20

Geteiltes Leid
ist ganzes Erbe

154.856.200,00

Wahres ist nur
Bares

37.525.905,00

Alles Gute kommt
von ganz oben

2.475.000,00

Von: Wafa al Halabi
Betreff: Referenz
Datum: 4. Januar 2016
An: Recipients

Ich weiß, dieser Brief wird Ihnen überraschen, vor allem, wie Sie mich nicht kennen und wir nicht vor getroffen habe. Ich bin der Kommandant der syrischen Armee im Kampf gegen die ISIL Rebellen. Dieser Umstand habe diesen Vorschlag aufgefordert werden, und ich werde nach Ihrer Annahme erklären, mehr Details,

Ich habe den Betrag von **16, 5 Millionen Dollar,** die ich von Geschäftsabschlüssen erhielt hier. dieser Fonds derzeit mit einem Rot-Kreuz-Einheit mit der Meldung, dass ich den Kontakt für die wirkliche Besitzer des Fonds hinterlegt. Diese Maßnahme wurde getroffen, um mich vor Beteiligung an den Fonds aufgrund der Militärethik, die uns in der Geschäftstätigkeit beteiligt verbieten abzuschirmen.

Allerdings ist es unter meiner Macht zu genehmigen Wer kommt weiter für (…) dieses Geld für wohltätige Zwecke in der Türkei, wo wir hohe Zahl der Flüchtlinge und dem Sudan, wo wir derzeit die höchste Zahl von Flüchtlingen (…) . Sie brauchen, um zu besuchen (…).

Als ausgebildeter Fachoffizier Ich habe eine 100% authentische Einrichtung zum Bewegen der Mittel durch diplomatische Mittel. Alles was ich brauche ist einfach akzeptieren (…) if Sie Interesse an diesem Geschäft, will ich dir geben, die kompletten Details, die Sie für uns erfolgreich für die Durchführung dieser Transaktion brauchen können empfangen. Ich beschloss, jemanden (…) zu finden, und deshalb ging ich zu einem gesicherten Immobilien-Website, wo kann ich sicher sein, dass die Person wirklich ist und ich glaube, ich kann Ihnen vertrauen.

Im Moment können wir nur kommunizieren über unsere militärischen Kommunikations eine Anlage, die gesichert ist, so kann niemand unsere E-Mails zu überwachen, kann ich im Detail zu erklären, weil Anrufe könnten überwacht werden, und ich habe nur um sicher zu sein, von denen ich zu tun hatte. Ich kann nur anrufen, wenn ich von unserer militärischen Netzwerk. Wenn Sie interessiert sind, informieren Sie bitte mich (…) . Ich schreibe aus einer neuen E-Mail-Konto, so dass, wenn Sie nicht interessiert sind, antworten Sie nicht auf diese E-Mail und bitte diese Nachricht löschen, wenn keine Antwort nach 3 Tagen werde ich dann für jemand anderen suchen.

Ich tue dies auf Vertrauen, sollten Sie verstehen, und Sie sollten wissen, dass als ausgebildeter Militärexperte Ich werde immer auf Nummer sicher, wenn Sie die schlechte Art sind, aber ich bitte Sie nicht sind. 16.500.000, - Dollar ist eine Menge Geld, die der Traum eines jeden ist.

Ich erwarte für die Annahme, damit wir weitergehen. In weniger als 21 Arbeitstagen sollte dies erfolgreich abgeschlossen werden und ich gebe Ihnen **15% des Gesamtfonds** für Ihre Unterstützung.

Col. Wafa Alhalabi Adel.

Von: FBI Director

Betreff: Ihr Fonds $ 5.9M zur Auslieferung bereit

Datum: 4. Januar 2016

An: Recipients

Federal Bureau of Investigation

Anti-Terror-Abteilung und Cyber-Kriminalität Abteilung

J. Edgar. Hoover Building Washington DC

JAMES B. COMEY

Achtung Begünstigte,

HINWEIS: Wenn Sie diese Nachricht in Ihrem SPAM/BULK Ordner erhalten, ist es wegen der von Ihrem E-Mail/Internet Service Provider auferlegten Beschränkungen, wir Sie bitten, sie zu behandeln wirklich, weil seine eine legitime E-Mail.

Aufzeichnungen zeigen, dass Sie bei einer der Personen und Organisationen sind, die noch aus Übersee ihre überfällige Zahlung zu erhalten, welche die der Lotterie/Glücksspiel, Vertrag und Vererbung beinhaltet. Durch unsere Betrugsüberwachung Einheit haben wir bemerkt, dass Sie mit einigen Betrügern (...) Prof. Soludo/ Mr.Lamido Sanusi der Zentralbank von Nigeria, Herr Patrick Aziza, Bode Williams, Frank Identitätswechsel wurden, Anderson, keine Beamten der Oceanic Bank Zenith Banks, Kelvin Junge von HSBC, Ben von FedEx, Ibrahim Sule, Dr. Usman Shamsuddeen und einige Betrüger behaupten Das Federal Bureau of Investigation sein.

Die nationalen Zentralbüros der Interpol verstärkt von den Vereinten Nationen und Federal Bureau of Investigation haben erfolgreich einen Auftrag an den derzeitigen Präsidenten von Nigeria seine Exzellenz Präsident Jonathan Good Luck die Ausübung Löschen aller Auslandsschulden zu Ihnen und anderen Personen und Organisationen zu verdanken steigern die haben ihre Auftragssumme, Lotterie / Glücksspiel, Vererbung nicht zu haben, erhalten gefunden und die Gleichen. Nun, wie würden Sie Ihre Zahlung erhalten? Denn wir haben zwei Zahlungsmittel, die per Scheck oder per EC-Karte ist?

Die Cyber-Kriminalität Abteilung des FBI gesammelten Informationen aus dem Internet Betrug Beschwerde Center (IFCC) auf, wie einige Leute empörend Summen auf diese Betrüger verloren haben. Als Ergebnis dieser, raten wir Ihnen hiermit die Kommunikation mit einem an Sie von uns nicht genannt zu stoppen. Wir haben mit dem Bundesministerium für Finanzen ausgehandelt, dass Ihre Zahlung $ 5.900.000,00 (fünf Millionen neunhunderttausend Dollar) in Höhe von. wird über einen benutzerdefinierten Stift basierten ATM-Karte mit einer maximalen Bezugslimite von $ 15.000 pro Tag für Sie freigegeben werden, die von Visa-Karte mit Strom versorgt und kann überall in der Welt eingesetzt werden, wo Sie eine Visa-Karte Logo auf dem Automatic Teller Machine (ATM) zu sehen .

Wir wissen, haben Sie vielleicht denken, wie das Geld zu Ihnen gegeben wurde, jetzt hören. Wir das FBI eine riesige Menge an Geld von Betrügern erholen wir im vergangenen Jahr und zu Beginn dieses Jahres, so dass wir das FBI und Internet Fraud Complaint Center (IFCC) in Zusammenarbeit mit der Internationalen Monitory Fonds (IWF) Nach dem mehrere Treffen wir letzte Woche gehalten verhaf-

---

Kontostand €

Herz, Schmerz
& Diridari

46.850.000,00

Ohne Los
viel Moos

22.345.450,20

Geteiltes Leid
ist ganzes Erbe

154.856.200,00

Wahres ist nur
Bares

37.525.905,00

Alles Gute kommt
von ganz oben

2.475.000,00

5.899.750,00

Kontostand €

Herz, Schmerz
& Diridari
46.850.000,00

Ohne Los
viel Moos
22.345.450,20

Geteiltes Leid
ist ganzes Erbe
154.856.200,00

Wahres ist nur
Bares
37.525.905,00

Alles Gute kommt
von ganz oben
2.475.000,00
5.899.750,00

tet wir zurück und Ihren Namen und Ihre Adresse Betrug in den letzten paar Jahren kam zu einem Abschluss die riesige Menge an Geld unter denen zu teilen, die zufällig wo ausgewählt wurden.

Um Ihr Geld einzulösen, werden Sie hiermit empfohlen, die ATM-Card Center per E-Mail für ihre Anforderung zu kontaktieren, um fortzufahren und zu beschaffen Ihre Zustimmung (…), die Sie **nur $ 250 Usd** kostet und nichts mehr als alles andere wurde von der Bundesregierung einschließlich Steuern, benutzerdefinierte Papier und Clearance Pflicht so alles, was Sie jemals zahlen müssen, ist **$250,00** nur betreut worden. Glaube nicht, dass dies ein auch ein Betrug ist, weil Sie waren bitten, eine kleine Menge Gebühr zahlen, um Ihre Fonds zu tilgen.

Dr. Lord Ruben ATM Card Center Director

Private E-Mail: lordben@usa.com Text Message Nur: +1 (315) 889-6367

Herr Ruben des ATM-Card Center in Verbindung tritt über seine Kontaktdaten über und liefern ihn mit Ihren Angaben, wie nachstehend aufgeführt:

GANZE NAMEN: (…)

(…) und er wird Ihnen die Zahlungsinformationen zusenden, in dem Sie in die Zahlung von $ 250,00 für die Beschaffung Ihrer Genehmigung des Zahlungs Warrant und Endorsement Ihrer ATM CARD Abruf verwenden, nach dem die Lieferung Ihrer ATM-Karte wird ohne weitere Verzögerung oder zusätzliche Gebühr zu Ihrer gekennzeichneten Heimatadresse erfolgen.

James B. COMEY
DIREKTOR BUNDESAMT FÜR UNTERSUCHUNGEN
UNITED STATES JUSTIZMINISTERIUM
WASHINGTON, D. C. 20535

Hinweis: Ignorieren Sie alle E-Mail Sie von irgendwelchen Betrügern oder Büros erhalten behauptet, im Besitz Ihrer ATM-Karte zu sein, sind Sie hiermit Rat nur mit Lord Ruben der ATM-Kartenzentrums in Kontakt zu sein, wer der rechtmäßige Person zu behandeln ist in Bezug auf Ihre Zahlung und übermitteln alle E-Mails Sie von Betrügern zu diesem Amt bekommen, so dass wir sofort auf ihn einwirken. Hilfe Cyber-Kriminalität zu stoppen.

Von: Chris Swecker
Betreff: Federal Bureau of Investigation (FBI)
Datum: 7. März 2015
An: Recipients

Federal Bureau of Investigation (FBI)
Anti-Terror-Abteilung und Cyber Crime Abteilung
J. Edgar. Hoover Building Washington DC

Lieber Begünstigte,
Serie von Treffen wurden in den letzten 7 Monaten mit dem Generalsekretär der Organisation der Vereinten Nationen statt. Diese endete vor 3 Tage. Es ist offensichtlich, dass Sie nicht Ihre Fonds erhalten haben, die in der Höhe von

$8.500.000,00 aufgrund vergangener korrupten Regierungsbeamten ist, die fast den Fonds selbst für ihre egoistischen Grund gehalten und einige Personen, die Vorteile Ihres Fonds genommen haben alle in einem Versuch, Ihr Fonds zu betrügen, die so viele Verluste von Ihrem Ende und unnötige Verzögerung bei der Eingang Ihres Fonds geführt hat.

Die nationalen Zentralbüros der Interpol verstärkt von den Vereinten Nationen und Federal Bureau of Investigation haben erfolgreich einen Auftrag an den derzeitigen Präsidenten von Nigeria seine Exzellenz Präsident Jonathan Good Luck die Ausübung Löschen aller Auslandsschulden zu Ihnen und anderen Personen und Organisationen zu verdanken steigern die haben ihre Auftragssumme, Lotterie / Glücksspiel, Vererbung nicht zu haben, erhalten gefunden und die Gleichen. Nun, wie würden Sie Ihre Zahlung erhalten? Denn wir haben zwei Zahlungsmethode, die per Scheck oder per EC-Karte ist?

ATM Karte: Wir werden Sie die Ausgabe eines benutzerdefinierten Stift basierten ATM-Karte, die Sie zum Rücktritt **von bis zu $12.000 pro Tag** von jedem Geldautomaten verwenden, die die Master Card Logo auf ihm hat und die Karte haben in 4 Jahren Zeit erneuert werden, die ist 2019. auch bei der ATM-Karte können Sie Ihr Geld auf Ihr Bankkonto zu übertragen. Die ATM-Karte kommt mit einem Handbuch (…) , das Sie darüber aufklären, wie es zu benutzen. (…) Check: Um in Ihrer Bank hinterlegt werden, damit sie innerhalb von drei Arbeitstagen gelöscht werden. Ihre Zahlung würde über alle Ihre bevorzugte Option zu Ihnen geschickt und würden Ihnen per FedEx verschickt (…) Sie speichern, dass jemand fragen Sie für eine Art von Geld über das übliche Gebühr ist auf jeden Fall ein Beträger und Sie haben die Kommunikation mit jeder anderen Person zu stoppen, wenn Sie in Kontakt mit jeder gewesen sein. Denken Sie daran, dass alle jemals müssen Sie verbringen **$ 250,00** nichts mehr! Nicht weniger! Und wir garantieren den Erhalt Ihres Fonds erfolgreich zu Ihnen innerhalb der nächsten 48 Stunden geliefert werden, nachdem der Eingang der Zahlung bestätigt worden ist. (…) NICHT Geld an jeden senden, bis SIE DIESES LESEN: (…) Um die Veröffentlichung Ihres Fonds bei 8.500.000,00 $ geschätzt bewirken Sie geraten sind unser Korrespondent in Afrika die Lieferung Offizier George Ennis mit den folgenden Informationen zu kontaktieren: E-Mail: georgeennis514@yahoo.com.hk.

Es wird empfohlen, ihn mit den Informationen zu kontaktieren ist, wie unten angegeben: (…) Nach Eingang der Zahlung wird die Lieferung Beauftragten gewährleisten, dass Ihr Paket innerhalb von 48 Arbeitsstunden versendet wird. Weil wir so sicher, (…) **wir geben Ihnen eine 100% Geld-zurück-Garantie**, wenn Sie nicht die Zahlung / Paket innerhalb der nächsten 48 Stunden erhalten, nachdem Sie die Zahlung für den Versand gemacht haben wir das Federal Bureau of Investigation (FBI) (…)Rückerstattung zurück zu Ihnen mit sofortiger Wirkung

Dein Chris Swecker TELEFON: (408) 659-0408
Hinweis: Ignorieren Sie sämtliche E-Mail Sie von irgendwelchen Beträgern oder Büros erhalten (…) nur mit George Ennis des ATM-CARD CENTRE in Kontakt zu sein, wer der rechtmäßige Person (…) zu beschäftigen zu Ihrer Zahlung Bankomatkarte und leitet alle E-Mails Sie von Betrügern zu diesem Büro bekommen und so konnten wir handeln auf und Untersuchung auf.

Kontostand €

Herz, Schmerz
& Diridari
46.850.000,00

Ohne Los
viel Moos
22.345.450,20

Geteiltes Leid
ist ganzes Erbe
154.856.200,00

Wahres ist nur
Bares
37.525.905,00

Alles Gute kommt
von ganz oben
2.475.000,00
5.899.750,00
8.499.750,00

Kontostand €

Herz, Schmerz
& Diridari
    46.850.000,00

Ohne Los
viel Moos
    22.345.450,20

Geteiltes Leid
ist ganzes Erbe
    154.856.200,00

Wahres ist nur
Bares
    37.525.905,00

Alles Gute kommt
von ganz oben
    2.475.000,00
    5.899.750,00
    8.499.750,00
    1.799.915,00
    580.000,00

Von: UN-Habitat
Betreff: Identification Number UNCC/1510/014
Datum: 15. Oktober 2014
An: undisclosed recipients

Sie werden für die UN-Hatbitat Entschädigung prüfen Zahlung in Höhe von **1, 8 Millionen Euro**. Senden Sie bitte Ihren Namen, Adresse, Stadt, Bundesland, Postleitzahl, Land und Telefonnummer zu ups-dispatchcs@7mt.org für ihre Kasse Lieferung prüfen.

Bitte beachten Sie, dass sie in Höhe von **85 EUR Gebühr** an die USV für Versand/Abwicklung Ihrer Parzelle prüfen.

Vielen Dank für Ihre Aufmerksamkeit.
Maria Hernandez
Programm Manager
Vereinten Nationen auf dem Gebiet der Abrechnung Programm

Von: Mr. Van Hilton vanhilton0084@gmail.com
Betreff: Sehr geehrter Herr, ist Ihre Zahlung genehmigt Für an Sie senden.
Datum: 30. Juli 2016
An: undisclosed recipients

Am: Begünstigte Betreffend.
ICH BIN MR. VAN HILTON DIRECTOR Weltfinanz- RECOVERY PAYMENT BUREAU OFFICE. Entschied ich mich, Sie zu kontaktieren Aufgrund der vorherrschenden Finanzberichte mein Büro und die intensive Natur unserer Politik zu erreichen. Ihre harte Geld zu verdienen, die eine oder die andere in gefälschten Lotterie und Internet-Geschäft Dieser Körper wurde Set-up alle einzelnen zu kompensieren, die in Betrug zum Opfer fallen und verloren.
Viele der Menschen hat die Hoffnung des Lebens verloren, nachdem ihre Ersparnisse zu verlieren. Wir haben nach der Vorstandssitzung zu dem Schluss kommen, mit EU, AU, ARAB LEAGUE, Entschädigung zu 40% von dem, was die Scam Syndikate von dir genommen hat wieder Ihr Leben weiter.

Diese Zahlung wird in 4 Möglichkeiten Möglichkeit der Zahlung per Bank vorgenommen werden:

1) Die Zahlung an Sie durch Western Union Money Transfer
2) Zahlung durch Geld-Gramm
3) Die Zahlung durch Banküberweisung swift
4) Atm Visa / Mastercard mit täglichen Limit zurückziehen
Ihre Auswahl Payment-Code ist WFPB / FL NO / 777/15 und den Betrag für die Entschädigung auf Ihren Gunsten Summe von **580.000,00 USD** nur.

Wir stellten fest, dass dieser Fonds nicht zu Ihnen gewesen senden und zu senden hat zu diesem Körper gegeben worden, Sie zu kontaktieren, so dass der Fonds vor den Anspruch Abbruch Daten an Sie senden würden.

Vielen Dank für Ihr Verständnis Klar

Mit besten Grüßen,

Mr.Van Hilton

REGIE: Weltfinanz- RECOVERY PAYMENT BUREAU

Von: Post acasomalharia180@oi.com.br

Betreff: UN Notice 2014

Datum: 14. August 2014

An: undisclosed recipients

POSTAL ITALIENISCHEN PAY-Out-Center.

UNITED NATION Zahlungsgenehmigung.

Lieber Begünstigte,

Wir möchten Sie informieren, dass die Vereinten Nationen (UN), um uns Ihnen eine Gesamtmenge von **fünfhunderttausend US-Dollar** zu überweisen genehmigt hat.

Dieser Betrag ist für Sie bezahlt werden, weil Sie als Begünstigter der Vereinten Nationen Armutsbekämpfung Programm in Ihrer Region ausgewählt wurden. Dieses Programm steht im Einklang mit die soziale Verantwortung der Organisation der Vereinten Nationen, die einmal im Jahr stattfindet Armutsbekämpfung in 5 (fünf) Ländern rund um den Globus zu beseitigen.

Im Namen der Organisation der Vereinten Nationen, wir wünschen Ihnen formell zu gratulieren, wurde die Mittel, die uns von den Vereinten Nationen ausgezahlt und sie haben erfolgreich gelungen in Ihrer gesamten Mittel hier bei uns im Postbüro in Italien abscheidet. Sie haben bestellt uns jetzt die volle Verantwortung in den Transferprozess deines Vermögens zu nehmen und damit die sofortige Überweisung von Geldern an Sie beginnen. Seien Sie informiert zur Kenntnis, dass aufgrund unserer Post italienischen Transferpolitik, wird Ihr Geld zu Ihnen über unsere Post italienischen täglichen Transfer Limit von Five Thousand Six bezahlt werden **Hundert US-Dollar.**

Um den Anspruch Prozess des täglichen Zahlung beginnen, wie oben erwähnt, sind Sie verlangen, dass wir mit den folgenden Informationen zur Verfügung zu stellen und unsere 24 Stunden Helpline unter der Nummer +39 3661 959 222 für weitere Anfragen. Ihr vollständiger Name: ... Adresse: ... Beruf: ... Telefonnummer: ...

Nach dem Erhalt der oben genannten Details, wird Ihre Zahlung für die Übertragung aktiviert und betriebsbereit sein.

Für weitere Informationen über Ihre Zahlungsstatus; Gesprächspartner. Morgan Robert.

Mit freundlichen Grüßen,

Valeria BASSI.

© Postal Italiane 2014.

Kontostand €

Herz, Schmerz
& Diridari

46.850.000,00

Ohne Los
viel Moos

22.345.450,20

Geteiltes Leid
ist ganzes Erbe

154.856.200,00

Wahres ist nur
Bares

37.525.905,00

Alles Gute kommt
von ganz oben

2.475.000,00
5.899.750,00
8.499.750,00
1.799.915,00
580.000,00
499.900,00

Kontostand €

Herz, Schmerz
& Diridari

46.850.000,00

Ohne Los
viel Moos

22.345.450,20

Geteiltes Leid
ist ganzes Erbe

154.856.200,00

Wahres ist nur
Bares

37.525.905,00

Alles Gute kommt
von ganz oben

2.475.000,00
5.899.750,00
8.499.750,00
1.799.915,00
580.000,00
499.900,00
8.440.000,00
28.194.315,00

Von: Lennard Soulemann lenardsoule@blumail.org
Betreff: RE: Info
Datum: 17. September 2014
An: undisclosed recipients

Herr Lennard Soulemann, Cotonou, Westafrika und die OPEC-Erdölsektor.
Achtung: Sir
Ich möchte Sie geduldig, dieses Angebot zu lesen. Ich bin Herr Lennard Soule-mann, der Leiter der Delegation der Weltbank in Westafrika.

Ich bin der linkman zwischen der Organisation für Erdöl exportierender Län-der – OPEC und der Ölsektor in dem westafrikanischen Land. Ich besuche auch OPEC Treffen Ständig in Genf. Durch den Hallen unserer zugeteilt Ölquote der OPEC war ich $ 42.2million incendio machen, die derzeit in Europa als Sicherheit und Finanzen Unternehmen abgeschieden wird. Ich möchte Sie, mir zu helfen, dieses Geld zu behaupten, wie es nicht direkt behaupten kann, weil ich immer noch bin ein Beamter, und der Verhaltenskodex Büro verbietet mir, so viel Geld zu erwerben.

Es ist auf dieser Grundlage, dass ich dich um Hilfe wende mich an, wenn Sie daran interessiert sein wird, wird bereits Anspruch Dokumente verarbeitet und an Sie versendet. Die Dokumente, mit denen der Fonds abgeschieden wird geändert, den Sie als neuen Empfänger zu reflektieren, so dass Sie in Betracht kommen, die Mittel in meinem Namen zu sammeln. **Ich gebe Ihnen 20%** der Mittel für diese Hilfe.

Ich bin mir bewusst, der internationalen Überwachung aller großen Finanzbe-wegungen nach dem 11. September 2001 Terroranschlag auf Amerika und jedem Staat der Finanzermittlungen zu vermeiden, die ich für Klein Clearance Papier von der zuständigen Stelle bereitgestellt werden, die das Geld entweder von Drogen entbinden wird Geld, gewaschenen Erträge oder für terroristische. Ich möchte Ih-nen versichern, dass es keine Gefahr für diese Transaktion gebunden ist.

Sie sollten Geben Sie mir auch mit Ihrem privaten Telefon- und Faxnummern für einfachere Kommunikation. Ich erwarte Ihre Antwort.

Mit freundlichen Grüßen,
Herr Lennard Soulemann

BUSINESS

UNU$UAL

...beachten Sie, dass diese Transaktion risikofrei alles, was ich von Ihnen benötigen ist Ihre Ehrlichkeit und Vertrauen...

Ein Mann – ein Wort! Es gibt sie noch: die Geschäfte, die den Begriff Vertrauen in neuem Licht erscheinen lassen! Ergreife daher ohne Zögern die ausgestreckte Hand, um Ansehen, Wohlstand & Reichtum zum gegenseitigen Wohle zu mehren.

Kontostand €

Herz, Schmerz
& Diridari

46.850.000,00

Ohne Los
viel Moos

22.345.450,20

Geteiltes Leid
ist ganzes Erbe

154.856.200,00

Wahres ist nur
Bares

37.525.905,00

Alles Gute kommt
von ganz oben

28.194.315,00

Business Unusual

37.300.000,00

Von: Mr Li Xiung guenter.grewe@paderbillard.de
Betreff: GUTEN TAG Mein lieber Freund
Datum: 23. Juli 2016
An: undisclosed recipients

GUTEN TAG Mein lieber Freund
Ich habe einen Deal, dass die Übertragung der Hinterlegung von Fonds umfasst in Höhe von **$ 37, 3 Mio.** (siebenunddreißig Millionen, dreihunderttausend US-Dollar) und Ihnen als der Empfänger ist risikofrei .

Bitte kontaktieren Sie mich auf meine private E-Mail unten für alle Fragen und Klärung. lixiung10@gmail.com

Mit freundlichen Grüßen,
Li Xiung

Von: Ramotar Singh Tyrone Ramotar16@8888tx.net
Betreff: Business proposal
Datum: 18. Juli 2016
An: undisclosed recipients

Lieber Herr,
Nach meiner persönlichen Untersuchung (…) fand Ihr Profil sehr interessant und entschieden Sie direkt zu erreichen. Haben Sie Projekt, das die Finanzierung braucht? Falls ja. ich würde gerne mehr über die Projekte erfahren, Sie haben keine schriftlichen Geschäftsplan (e) zu den Projekten?

Haben Sie eine Investition Idee? Wir suchen jemanden, der Partner mit, wenn Sie mit großen Volumen Mittel für Investitionen vertraut werden kann. wenn Sie irgendeine lukrativ haben Unternehmen, die Finanzierung muss, ist mein Kunde bereit, gemeinsam mit Ihnen.

Ich möchte wissen, wenn Sie die Möglichkeit, Arbeitskräfte und die Kraft haben meine Klienten zu helfen, auf dem folgenden Sektor Immobilien, Hotelmanagement / Tourismus, Lager investieren Verwaltung und kommerzielle Landwirtschaft in Ihrem Land und finanziell belohnt werden, ohne Ihre Bequemlichkeit zu beeinflussen.

Bitte seien Sie versichert, dass diese Transaktion 100% risikofrei ist. Wenn dieser Vorschlag von Ihnen akzeptabel ist, mit mir bitte für weitere Informationen kontaktieren

Vielen Dank für Ihre Zusammenarbeit.
Mit bestem Gruß

Ramotar Singh Tyrone

Von: Zhang Tengwen zhang.tengwen@gmail.com
Betreff: FOREIGN INVESTMENT (PARTNERSHIP)
Datum: 16. Juni 2016
An: undisclosed recipients

Hallo lieber Freund,
Leider auf diese Weise in Ihre Privatsphäre einbrechen bitte verzeihen Sie meine übereifrig zu sein. Ich bin ein ausländischer Investor (CFO eines Unternehmens hier in China), die im Ausland eine echte Business-Partnerschaft sucht. Ich bin dringend Ihre Hilfe bei der Sicherung und für zukünftige Investitionen $ 18, 5 aus unserer Firmenkonto hier in China und in Ihrem lokalen Konto zu bewegen. Fühlen Sie sich frei zurück zu antworten, wenn Sie in einer Partnerschaft alle interessierten haben, so dass ich Ihnen weitere Informationen liefern können.

Grüße,
Frau Zhang Tengwen

Von: Janowicz, Ronald rjanowicz@maldenps.org
Betreff: Business Transaction
Datum: 11. Juni 2016
An: undisclosed recipients

Mein Chef hat mich beauftragt, Sie in Bezug auf eine Transaktion im Wert von **22.4 Million Euro** mit Ihnen besprechen zu kontaktieren. Bitte antworten Sie auf seine private E-Mail: Mark-carney58@hotmail.com für weitere Informationen.

Janowicz, Ronald

Von: Owen Thomasson othomasson@suffolkva.us
Betreff: Hallo
Datum: 13. Mai 2016
An: undisclosed recipients

(…) Ich fand Ihre Kontaktinformationen über das Internet-Verzeichnis Ihrer Handelskammer , mein Arbeitgeber ein großer Investor ist und er darauf hingewiesen, dass es eine Summe von **Euro 50.000.000 €** verfügbaren Investitionen in Ihrem Land. Wir werden wie im Gesundheitswesen, Landwirtschaft / Agrarwirtschaft und erneuerbare Energien, Immobilienentwicklung , Tourismus, Hotels und mehr zu investieren, wenn Sie eine gute Investition oder Geschäftsidee haben Sie es bitte teilen, damit wir als Partner zusammenarbeitenkönnen. Bitte antworten Sie auf diese E-Mail (arcelormittal.inv@hotmail.com) sonst, ich entschuldige mich für die Unannehmlichkeiten. Ich hoffe, bald von Dir zu hören.

Meine freundliche Grüße. Owen Thomasson ArcelorMittal-Gruppe

Kontostand €

Herz, Schmerz
& Diridari
46.850.000,00

Ohne Los
viel Moos
22.345.450,20

Geteiltes Leid
ist ganzes Erbe
154.856.200,00

Wahres ist nur
Bares
37.525.905,00

Alles Gute kommt
von ganz oben
28.194.315,00

Business Unusual
37.300.000,00
18.500.000,00
22.400.000,00
50.000.000,00

Kontostand €

Herz, Schmerz
& Diridari

46.850.000,00

Ohne Los
viel Moos

22.345.450,20

Geteiltes Leid
ist ganzes Erbe

154.856.200,00

Wahres ist nur
Bares

37.525.905,00

Alles Gute kommt
von ganz oben

28.194.315,00

Business Unusual

37.300.000,00
18.500.000,00
22.400.000,00
50.000.000,00
50.000.000,00
44.500.000,00

Von: Perebzak Christine cperebzak@chmca.org
Betreff: Hallo
Datum: 13. Mai 2016
An: undisclosed recipients

Wenn Sie Interesse kontaktieren Sie bitte diese E-Mail sind: (ArcelorMittal.Inv@outlook.ie)

Hallo, ich bin der Finanzberater von Lakshmi Mittal (Inhaber von ArcelorMittal). Ich fand Ihre Kontaktinformationen über das Internet-Verzeichnis Ihrer Handelskammer , mein Arbeitgeber ein großer Investor ist und er darauf hingewiesen, dass es eine Summe von € 50.000.000 Euro verfügbaren Investitionen in Ihrem Land. Wir werden wie im Gesundheitswesen, Landwirtschaft / Agrarwirtschaft und erneuerbare Energien, Immobilienentwicklung , Tourismus, Hotels und mehr zu investieren, wenn Sie eine gute Investition oder Geschäftsidee haben Sie es bitte teilen, damit wir als Partner zusammenarbeiten können.

Bitte antworten Sie auf diese E-Mail (ArcelorMittal.Inv@outlook.ie) sonst, ich entschuldige mich für die Unannehmlichkeiten. Ich hoffe, bald von Dir zu hören.

Meine freundlichen Grüßen,
Frau Christine Perebzak ArcelorMittal

Von: Bob Crowther bcrowther@mnptac.org
Betreff: Geschäftsbeziehung
Datum: 23. Oktober 2014
An: undisclosed recipients

Geschäftsbeziehung
Hallo, Mein Name ist Andrew Zhu Chunxiu. Ich lebe in Hongkong. Ich habe ein Geschäft Vorschlag für Sie.Die Menge beinhalten **44, 5 Mio. Dollar.**

Bitte kontaktieren Sie mich für weitere Einzelheiten über meine private E-Mail: andrewhui21@btinternet.com. Sprechen Sie Englisch?

Danke.
Herr Andrew Chunxiu

Von: Chung. info@dungarvancu.ie
Betreff: Business Proposition
Datum: 11. August 2015
An: undisclosed recipients

My Business Proposition
Hang Seng Bank, Hongkong.

Bei allem Respekt,
Ich habe beschlossen, Sie direkt zu erreichen und persönlich nach all meiner Suche nach einem ausländischen Partner suchen, der von Nutzen sein könnte, mir bitte erlauben, mich vorzustellen, mein Name Anderson A. ist, bin ich der Leiter der Revision der Risikomanager von Hang Seng Bank Hongkong.

Ich habe einen Business-Vorschlag im Wert von $ 200.000.000,00 (zweihundert Millionen US-Dollar) Kindly lassen Sie mich wissen, wenn Sie interessiert sind, um mir zu ermöglichen liefern Ihnen mehr details.Looking uns darauf, von Ihnen zu hören. E-mail: infovsa@aim.com

Freundliche Grüße.
Mr.R.Chung

Von: T. Shunji laczo@seratus.hu
Betreff: Liebe herr
Datum: 1. November 2015
An: undisclosed recipients

Lieber Herr,
Ich lade Sie auf die Partnerschaft mit mir in eine Geschäftsmöglichkeit.
Wenn Sie sind aufrichtig und bereit zu arbeiten mit me. I müssen Sie mir im Umgang mit der Übertragung einer großen Summe Geld von Hong Kong zu Ihrem Land zu unterstützen. Alles an dieser Transaktion rechtlich ohne Probleme durchgeführt werden. Sobald das Geld wurde tranfered und es in Ihrer Buchhaltung ist, werden wir im Verhältnis zu teilen, die von mir und euch zu vereinbaren.

Wenn Sie interessiert sind, Kontaktieren Sie mich durch meine private E-Mail-Adresse: fslbf@aim.com Und ich gebe Ihnen weitere Details. Ich warte auf deine Antwort.

Aufrichtigen Grüße,
Herr Tak Shunji.

Kontostand €

Herz, Schmerz
& Diridari
46.850.000,00

Ohne Los
viel Moos
22.345.450,20

Geteiltes Leid
ist ganzes Erbe
154.856.200,00

Wahres ist nur
Bares
37.525.905,00

Alles Gute kommt
von ganz oben
28.194.315,00

Business Unusual
37.300.000,00
18.500.000,00
22.400.000,00
50.000.000,00
50.000.000,00
44.500.000,00
200.000.000,00

Kontostand €

Herz, Schmerz
& Diridari
46.850.000,00

Ohne Los
viel Moos
22.345.450,20

Geteiltes Leid
ist ganzes Erbe
154.856.200,00

Wahres ist nur
Bares
37.525.905,00

Alles Gute kommt
von ganz oben
28.194.315,00

Business Unusual
37.300.000,00
18.500.000,00
22.400.000,00
50.000.000,00
50.000.000,00
44.500.000,00
200.000.000,00
422.700.000,00

Von: Mr. Dong Guo xiaxl@bjfu.edu.cn
Betreff: Proposition
Datum: 1. November 2015
An: undisclosed recipients

Hallo,

Ich glaube, dass Sie besorgt sind, die Art von Geschäftsidee , die ich für Sie zu wissen. Nun, ich bin deine Hilfe Einholen der Lage sein, eine riesige Menge an Geld von meiner Bank zu übertragen, die im Leerlauf liegt mit niemand kommt Anspruch darauf zu legen. Lass es mich wissen wenn du interessiert bist.

Grüße, Lee

Von: aptus@aptus.hu
Betreff: Lieber Herr
Datum: 9. Mai 2016
An: Recipients

(…) Ich lade Sie auf die Partnerschaft mit mir in eine Geschäftsmöglichkeit. Wenn Sie sind aufrichtig und bereit (…) müssen Sie mir im Umgang mit der Übertragung einer großen Summe Geld von Hong Kong zu Ihrem Land zu unterstützen. Alles an dieser Transaktion rechtlich ohne Probleme durchgeführt werden. Sobald das Geld wurde tranfered und es in Ihrer Buchhaltung ist, werden wir im Verhältnis zu teilen, die von mir und euch zu vereinbaren.

Wenn Sie interessiert sind, Kontaktieren Sie mich durch meine private E-Mail-Adresse: tshunji1@aol.com Und ich gebe Ihnen weitere Details. Ich warte auf deine Antwort.

Aufrichtigen Grüße, Mr. Tak Shunji tshunji1@aol.com

Von: Mr.Gregg greggferstay@mail.com
Betreff: Investitions Privileg
Datum: 7. April 2016
An: Recipients

Grüße,

Ich vertrete eine Investition Interesse von Dubai interessiert an Investitionen im Ausland, die große Volumen der Mittel, für-was wir suchen Ihre Teilnahme als Übersee-Vertreter, um die Investition in Ihrem Land zu behandeln.

Bei Interesse kontaktieren Sie bitte mit mir über meine private E-Mail-(william-greggfer@gmail.com).

Vielen Dank
William

Kontoauszug 7

BARMHERZIGE

BANKEN

...wenn Sie ... interessiert sind, antworten Sie mir bitte und beachten Sie, dass Sie die einzige Person sind Ich in Verbindung gesetzt haben...

Riskante Geldgeschäfte? Ja, die mag es wohl geben – aber wo kämen wir hin, könnte man renommierten Geldinstituten nicht mehr blind vertrauen? Prüfen Sie daher wohlwollend und vor allem rasch diese überzeugenden Angebote seriöser Banken aus der großen weiten Finanzwelt.

Kontostand €

Herz, Schmerz
& Diridari

46.850.000,00

Ohne Los
viel Moos

22.345.450,20

Geteiltes Leid
ist ganzes Erbe

154.856.200,00

Wahres ist nur
Bares

37.525.905,00

Alles Gute kommt
von ganz oben

28.194.315,00

Business Unusual

422.700.000,00

Barmherzige Banken

6.949.600,00
21.500.000,00

Von: Daniel Milton daniel.milton44@outlook.com
Betreff: Von Herrn Daniel Milton
Datum: 15. September 2015
An: undisclosed recipients

(…) mein Ziel von E-Mailing Sie heute, mein Name ist Mr. Daniel Milton, Relationship Manager bei NatWest Bank plc. London. Ich bitte Sie, diese Transaktion (…) streng vertraulich zu betrachten. Als Top-Manager bei NATWEST Bank, entdeckte ich ein Nummernkonto mit (…) £14.600.000, 00 (vierzehn Millionen, sechshunderttausend Britische Pfund Sterling), die an einem unserer ausländischen Kunden (Lukas Bonono) Verstorbene, ein amerikanischer gehört haben war ein Opfer des Hurrikans Katrina im August 2005 mit meiner Position in der Bank, ich habe (…), geheime Details und notwendigen Kontakte, diese Mittel ohne Haken zu erreichen.

Ich brauche nur deine Hilfe als Ausländer, (…) weil meine Position als Beamter und ein Mitarbeiter der Bank ermöglicht nicht (…) diese Behauptung zu machen. Deshalb möchte ich Sie, als "Foreign Begünstigter" stehen, und ich versichere Ihnen, von einem perfekten Transfer-Strategie, die in Ihrem Namen rechtlich platziert werden wird, so dass niemand Ihre Ansprüche zu vermuten.

Für Ihre Unterstützung, um diese Größe zu erreichen, ist Ihr Anspruch **40% der Gesamtsumme** GBP 14.600.000 Bei Ihrer Betrachtung dieses Angebot, geben Sie bitte mich (Ihr vollständiger Name, etc.), damit (…) Fonds auf Ihren Namen als Begünstigte und führen Sie Ihre Kontakt mit NatWest Bank für die Freisetzung und Übertragung (…) zu jedem Bankkonto Ihrer Wahl. Angesichts des Volumens der Ermessensspielraum für den Erfolg dieses Projekts erforderlich ist, bitte ich Ihre Antwort auf meine private E-Mail: daniel.milton@msn.com, zögern Sie nicht mich für klare Erklärungen rufen. Ich danke Ihnen im Vorgriff auf Ihre sofortige Antwort.

Mit freundlichen Grüßen, Herr Daniel Milton,
Relationship Manager NatWest Bank Plc. London

Von: Mr. Sang Chin omp@airlink.it
Betreff: URGENT TRANSFER OF FUNDS!!($21.500.000)
Datum: 26. Dezember 2014
An: undisclosed recipients

Guten Tag,
Ich bin mit diesem Medium, um Sie über die Transaktion zur Abgabe informieren von **($ 21.500.000) (einundzwanzig Millionen fünfhunderttausend US-Dollar)** in meine Bank in China, Sie als Empfänger. Es wird zu 100% sicher, dass die Finanzvorstand des Verstorbenen customer.Please Kontakt auf meine private E-Mail; (mr.sangchin05@gmail.com) unten für Fragen und weitere Informationen.
Mit freundlichen Grüßen,
sang Chin

Von: Frau Jessica Smith Jessica.smith01@email.com
Betreff: Frau Jessica Smith.
Datum: 13. Juli 2016
An: undisclosed recipients

(...) Mein Name ist Frau. Jessica Smith, Director of Commercial Banking, Natwest, Chelmsford und Romford, Vereinigtes Königreich.

Als Top-Manager bei NATWEST, entdeckte ich ein Nummernkonto mit einem Guthaben von **18.300.000,00 britischen Pfund** zuzüglich aufgelaufener Zinsen, alles was an einen amerikanischen Händler Multi-Millionär Rohöl gehört Herr David Watkins, der ein Opfer des Hurrikans Katrina im August 2005. Bis jetzt, weiß niemand weiß über sein Bankkonto mit NatWest Bank und meine Weitere Untersuchungen bewiesen, dass die unmittelbare Familie auch in der Tragödie gestorben sind.

Mit meiner Position auf der Bank, habe ich alle Zugang, geheime Details und die notwendigen Kontakte für Anspruch des Fonds ohne Haken. Aber wegen der sensiblen Natur meiner Arbeit, ich brauche die Hlfe einen Ausländer das Fonds zu erreichen, meine Position als Beamter und als Mitarbeiter der Bank erlaubt es nicht, mich oder meine Verwandten diesen Fonds zu erreichen.

Deshalb kontaktierte ich Sie als Ausländer aus diesem Konto vor unserer nächsten Prüfung die Übertragung dieses Fonds zu vereinbaren, denn wenn unsere Bankmanagement wurde entdecken das dese Konto wurde ruhend für lange zeit, es werden eingefroren und das Geld wird zurückgeführt werden an die Bank Treasury, als nicht beanspruchte öffentliche Mittel.

Daher möchte ich Ihnen als Foreign Begünstigten zu stehen und ich versichere Ihnen, von einer perfekten Transferstrategie thatwill Gesetzlich in Ihrem Namen platziert werden, so dass niemand Ihre Ansprüche vermuten wird.

Für Ihr Engagement in diesem Geschäft werden Sie berechtigte **über 40% des Gesamtbetrages** auf Ihr Bankkonto und ich werde auf dem Gefühl der Verschwiegenheit rechnen, um zu riskant Exposition dieser Transaktion zu vermeiden.

Bei der Betrachtung der Opfer, die Vorsehung mich bitte mit Ihrem Vollst?ndiger Name, Adresse und Ihre direkte Telefon-/Faxnummer für den Weiter Freisetzung und Übertragung des Fonds zu Ihrem Bankkonto zu ermöglichen, den Fonds zu Ihrem Namen hat wie der Empfänger-Host neu zu profilieren und zu führen.

In Anbetracht der Sensibilität und das Ausmaß dieses Projekts, frage ich Ihre Antwort auf meine private E-Mail: Jessica.smith01@gmx.com
Ich danke Ihnen im Vorgriff für Ihre prompte Antwort.

Freundliche Grusse,
Frau Jessica Smith,
NatWest Bank Plc.
Director Commercial Banking,
Chelmsford & Romford.
Jessica.smith01@gmx.com

Kontostand €

Herz, Schmerz
& Diridari
46.850.000,00

Ohne Los
viel Moos
22.345.450,20

Geteiltes Leid
ist ganzes Erbe
154.856.200,00

Wahres ist nur
Bares
37.525.905,00

Alles Gute kommt
von ganz oben
28.194.315,00

Business Unusual
422.700.000,00

Barmherzige Banken
6.949.600,00
21.500.000,00
8.710.800,00

Von: Mr. Butti Obaid
Betreff: Aw:Attetion Please
Datum: 9. Juli 2016
An: undisclosed recipients

Achtung,
Ich bin Mr.Butti Obaid, ein Banker und Kreditsystemprogrammierer (Erste Islamic Bank) Vereinigte Arabische Emirate. Ich sah Ihre E-Mail-Adresse, während Surfen durch die Bank DTC Bildschirm in meinem Büro gestern so entschied ich mich dieses Medium möglich Gelegenheit und Chance zu nutzen, einander besser kennen zu lernen. Allerdings habe ich mich an Sie aus offensichtlichen Grund, müssen Sie verstehen. Ich sende diese kurze Nachricht nur wissen, ob Ihre E-Mail-Adresse ist immer noch funktioniert oder nicht, und wenn aus irgendeinem Grund Sie diese E-Mail erhalten Sie bitte haben antworten kennen mich sofort zurück, dass ich als die mehr Details zu Ihnen umschließen wird haben eine sehr wichtige Themen mit Ihnen zu besprechen, so freue ich mich in Empfang Ihre Antwort auf meine Arbeit E-Mail Adresse: butti411@yahoo.com

Verbringen Sie einen angenehmen Tag.
Butti

Von: Russel March
Betreff: PARTNER NEEDED
Datum: 1. Juni 2016
An: undisclosed recipients

Grüße,
Echte Chance für uns beide. Ich bin ein pensionierter Mitarbeiter von Wells Fago Bank, ich das Konto Offizier zu spät Diktator Muammar al-Gaddafi Libyen war. Er hatte einen vertraulichen Öl Geschäftspartner in Amerika, die häufig Mittel Sein geheimes Konto in unserer Branche sendet, dann werde ich das Geld auf seine Bankkonten in seinem Land Libyen auf seine Anweisungen.

Während Krieg in seinem Land geht, wurde die Summe von sechzig acht Millionen Dollar **($ 68.000.000,00)** Übertragen auf Sein geheimes Konto von den Partnern Ölgeschäft kurz vor seinem Tod am 20. Oktober 2011 sind die Mittel intakt auf dem Konto seitdem. Der Fonds ist nach wie vor intakt auf dem Konto und niemand (ich betone niemand) ist sich der tatsächliche Eigentümer der Mittel außer mir, und ich habe jedes Wissen darüber, wie friedlich die Gelder von der Bank verlangen. Sein Geschäftspartner jedoch geglaubt wurde, die auf sein Konto überwiesenen Geldsummen in seinem Land vor seinem Tod.

Deshalb möchte ich den Geldtransfer aus dem Wells Fargo Bankkonto auf Ihr Bankkonto. Dies wird berechtigterweise erfolgen. Mein lieber Freund, ist dieses Risiko freie Lebensdauer Gelegenheit, die wir halten, bekommen müssen. Sie werden die Gelder sicher und gesund in Ihrem Bankkonto erhalten, und wir werden es **50/50** teilen. Bitte Ihre Telefonnummer in Ihrer Antwort gegeben. Sollten Sie unten, wie gesagt bitte senden Sie mir Ihre vollständige Informationen interessiert sein an E-Mail: marchrussell4@gmail.com und ich werde mit Ihnen weitere Informationen zur Verfügung. BEANTWORTEN.

Grüße,
Russell March

Von: Mr. Kevin Morgan
Betreff: Von Mr. Kevin Morgan
Datum: 31. Mai 2016
An: undisclosed recipients

Compliments des Tages, ich Sie für eine gegenseitige vorteilhafte Geschäfts wende mich an mit glauben Sie mir am Ende nicht verraten. Ich bin Herr Kevin Morgan; Regional Director, UBS Investment Bank plc, hier in England. Während der letzten Prüfung von Bankkonten und Dienstleistungen unserer Bank; Ich entdeckte eine gebietsfremde Bankkonto, die nicht für eine lange Zeit betrieben haben. Nach einer diskreten Untersuchung fand ich heraus, dass der Inhaber dieses Kontos ein amerikanischer Herr Cyrill Kroos war, ein Milliardär Geschäft Mogul, der starb, als der Hurrikan Katrina sein Haus komplett im August 2005 Bis jetzt weggespült, niemand über sein Bankkonto weiß mit UBS Investment Bank und meine weitere Untersuchung ergab, dass der verstorbene unmittelbare Familie auch in der Tragödie starben. Dieses Konto hält **GBP 16, 1 Mio. (sechzehn Millionen hunderttausend Britische Pfund Sterling)** nur.

Ich kontaktieren Sie als Ausländer; um mit Ihnen die Übertragung dieses Geld von dem Konto, vor unserer nächsten Prüfung von Bankkonten zu vereinbaren. Wenn die Bank-Management, dass dieses Konto herauszufinden, hat für diese lange latent wurde, wird es eingefroren werden und das Geld wird an die Bank Treasury, als nicht beanspruchte öffentliche Mittel zurückgeführt werden. Deshalb möchte ich Sie als "Foreign Empfänger" zu stehen. Ich brauche Ihre volle Kooperation zu dieser Transaktion perfekt funktioniert, weil die Banksteuerung bereit ist, die sofortige Zahlung zu genehmigen, wer auch immer das würde zu diesem Geld als Empfänger vorgestellt. Eine perfekte Transferstrategie wäre rechtlich an Ort und Stelle in Ihrem Namen gesetzt werden, so wird, dass niemand Ihre Ansprüche vermuten.

Mit meinen Positionen und Einfluss hier; Dieses Geld würde zu Ihren Gunsten und an jedem Bankkonto im Ausland neu zu profilieren / s wird nominieren Sie, aber mit einem von Ihnen Gewissheit, dass dieses Geld meiner Ankunft in Ihrem Haft zu verbinden Sie für die Sicherung von meinen Anteil sicher bleiben. Für Ihr Engagement in diesem Geschäft, werden Sie **40% des Gesamtbetrags** erhalten. Sehen Sie bitte dieses Angebot sofort und senden Sie mir Ihre Informationen wie folgt: Ihr vollständiger Name (...) Reprofilierung des Fonds zu Ihrem Namen als Erbe Empfänger zu starten.

Fühlen Sie sich frei, mich für weitere Diskussionen zu nennen und Anleitung, was von Ihnen erwartet wird. Ich werde auf Ihren Sinn für Geheimhaltung und

Kontostand €

Herz, Schmerz
& Diridari
46.850.000,00

Ohne Los
viel Moos
22.345.450,20

Geteiltes Leid
ist ganzes Erbe
154.856.200,00

Wahres ist nur
Bares
37.525.905,00

Alles Gute kommt
von ganz oben
28.194.315,00

Business Unusual
422.700.000,00

Barmherzige Banken
6.949.600,00
21.500.000,00
8.710.800,00
34.000.000,00
7.663.600,00

Kontostand €

Herz, Schmerz & Diridari
46.850.000,00

Ohne Los viel Moos
22.345.450,20

Geteiltes Leid ist ganzes Erbe
154.856.200,00

Wahres ist nur Bares
37.525.905,00

Alles Gute kommt von ganz oben
28.194.315,00

Business Unusual
422.700.000,00

Barmherzige Banken
6.949.600,00
21.500.000,00
8.710.800,00
34.000.000,00
7.663.600,00
21.500.000,00

Vertraulichkeit zählen, um riskante Exposition zu vermeiden, um die Empfindlichkeit und das Ausmaß dieses Projekts berücksichtigen. Ich bin auf der Suche besorgt uns auf Ihre dringende Antwort.

Freundliche Grüße,
Herr Kevin Morgan
Regionaldirektor

Von: Mr. Fu Zhongjun fuzhongjun57@gmail.com
Betreff: Ihre dringende Antwort wird dringend benötigt...!!
Datum: 25. Mai 2016
An: undisclosed recipients

Ich brauche Ihre soforgit Aufmerksamkeit auf meinen Vorschlag
Ich bin der Geschäftsführer, die Industrial and Commercial Bank of China (ICBC). Ich habe einen gegenseitigen Geschäfts vorgeschlagen, die auf ein ausländisches Konto zu der Übertragung einer großen Menge an Geld bezieht, mit Ihrer Hilfe als einen ausländischen Partner als Empfänger der Mittel.

Alles über dies gilt rechtlich ohne Probleme jeglicher Finanzbehörde erfolgen. Bitte (…) mehr Diskretion in allen Belangen beobachten zu diesem Thema beziehen. Wenn Sie interessiert sind, antworten (…) und ich werde Ihnen mehr Informationen zu geben und ich das Projekt bald ich Ihre positive Antwort erhalten. Private E-Mail: fuzhongjun010@gmail.com

herzlichen gruß
Mr. Fu Zhongjun
Geschäftsführer.
ICBC .China

Von: Mr. Chin mr.chinsang 30"@gmail.com
Betreff: BUSINESS VORSCHLAG
Datum: 21. April 2016
An: undisclosed recipients

ich verwende dieses Medium informieren Sie über die Transaktion für den Transfer von **$ 21, 500.000** (21 Millionen, fünfhunderttausend Dollar) in meiner Bank in China für Sie als Empfänger. Es werden 100 % sicher, dass der Finanzleiter des verstorbenen Kunden.

Kontaktieren Sie bitte auf meine private e-Mail unten für Fragen und weitere Informationen. E-mail: chinsang147@gmail.com

Mit freundlichen Grüßen,
Chin sang

Von: Davidkimlee7251477@qq.com
Betreff: URGENT ATTENTION NEEDEED
Datum: 7. August 2015
An: undisclosed recipients

Lieber Freund,
Ich bin Herr David Kim Lee, ich bin für diese Unterbrechung sorry. Ich habe keine andere Art und Weise Sie als diese Art und Weise zu erreichen, benutzen Sie bitte mein apology.I bin ein Account-Manager zu einem unserer späten ausländischen Kunden übernehmen. Es ist mein Interesse Sie in Bezug auf diesen Entwurf für unsere Kunden zu kontaktieren, die Konten in meiner Bank eröffnet. Es ist mit einer guten Geist des Herzens ich Ihnen diese große Chance eröffnet. Dieser verstorbene Kunde von mir Aktien fast den gleichen Namen haben wie Sie; Er starb als Folge von Herz-Zustand am 14. November 2011.His Herzleiden war zwei bis zum Tod aller Mitglieder seiner Familie in Fukushima Erdbeben und Tsunami-Katastrophe am 11. März 2011 in Nordosten von Japan, wo sie alle ihr Leben verloren.

Nach seinem Tod habe ich eine Routine Meldung an seine neue Adresse, bekam aber keine Antwort. Er starb, ohne Testament zu machen. Sein Entwurf in meinem Bankkonto vor seinem unglücklichen Tod geöffnet ist **$28.526.200,00 Dollar** nur. Ich möchte Ihnen als Begünstigte des Verstorbenen zu präsentieren. Ich werde meine Position und Einfluss in unserer Bank, um sicherzustellen, geben sie dieses Geld zu Ihnen für unsere gegenseitigen Austausch verwenden. Wenn ich für Tage warten und hörte nicht von Ihnen, ich werde für eine andere Person zu suchen. Bitte erhalten, um weitere Informationen zu mir zurück.

Herzliche Grüße
Mr. David kim LEE

Von: Louis Alexander louissalexanderr@gmail.com
Betreff: Lieber Freund
Datum: 12. Juli 2015
An: undisclosed recipients

Lieber Freund,
Mein Name ist Louis Alexander. Ich arbeite mit einem Finanzhaus hier in den Niederlanden.

Während meiner letzten Sitzung und Prüfung von Bankkonten innerhalb unserer Bank, meine Abteilung fand ein ruhendes Konto mit einer enormen Summe von **US $ 55.500.000,00**, die von einem verstorbenen Mr. Williams aus England vor seinem Tod hinterlegt wurde.

Aus unserer Untersuchung, hatte er keine nächsten Angehörigen, diese Mittel zu erhalten. Stehend Ansicht der niederländischen Bankenregulierung nur ein Ausländer als nächsten Angehörigen, in Anbetracht der Tatsache, dass die Klägerin eine nicht-niederländische war.

Kontostand €

Herz, Schmerz
& Diridari
46.850.000,00

Ohne Los
viel Moos
22.345.450,20

Geteiltes Leid
ist ganzes Erbe
154.856.200,00

Wahres ist nur
Bares
37.525.905,00

Alles Gute kommt
von ganz oben
28.194.315,00

Business Unusual
422.700.000,00

Barmherzige Banken
6.949.600,00
21.500.000,00
8.710.800,00
34.000.000,00
7.663.600,00
21.500.000,00
28.526.000,00

Kontostand €

Herz, Schmerz
& Diridari
46.850.000,00

Ohne Los
viel Moos
22.345.450,20

Geteiltes Leid
ist ganzes Erbe
154.856.200,00

Wahres ist nur
Bares
37.525.905,00

Alles Gute kommt
von ganz oben
28.194.315,00

Business Unusual
422.700.000,00

Barmherzige Banken
6.949.600,00
21.500.000,00
8.710.800,00
34.000.000,00
7.663.600,00
21.500.000,00
28.526.000,00
22.200.000,00
10.500.000,00
4.290.000,00

Ich brauche deine Erlaubnis, einen Partner für unsere verstorbenen Kunden zu haben, so dass die Gelder freigegeben und sofort auf Ihr Bankkonto überwiesen. Am Ende der Transaktion wird **40% für Sie** sein, und 60% für mich und meine Kollegen sein.

Ich habe in meinem Besitz alle notwendigen Unterlagen für die erfolgreiche Durchführung der Transaktion. Beachten Sie, dass diese Transaktion risikofrei alles, was ich von Ihnen benötigen ist Ihre Ehrlichkeit und Vertrauen.

Bitte antworten Sie mir mit Ihren privaten E-Mail (für vertrauliche Gründen), so dass ich Ihnen mehr Details und den Prozess.

Mit freundlichen Grüßen
Louis Alexander

Von: Mr. Amos Kabiri kabirukone111@gmail.com
Betreff: TRANSFER OF FUNDS
Datum: 27. Dezember 2015
An: undisclosed recipients

Ich bin Herr Amos Kibiri von Republik Togo, ich bin ein Banker und ich brauche Ihre Hilfe **USD 10, 5 Mio.** von der Bank zu übertragen, wo ich arbeite. Dieses Geld gehört zu einem unserer Kunden, der im Jahr 2009 starb, und ich möchte Ihnen versichern, dass es absolut keine Gefahr für die Transaktion gebunden ist. Was ich brauche, ist deine Aufrichtigkeit und die Zusammenarbeit so zu helfen, dass die Mittel verarbeitet und übertragen werden. Ich gebe Ihnen alle Details, sobald ich Ihre Antwort E-Mail zeigt Ihre Bereitschaft erhalten.

Von: Richard Etemesi yuanjing@sogal.com.cn
Betreff: Gruß!!
Datum: 22. Juni 2015
An: undisclosed recipients

Ich vermute das diese E-Mail eine Uberraschung fur Sie sein wird, aber es ist wahr. Ich bin bei einer routinen uberprufung in meiner Bank (Standard Chartered Bank von Sud Afrika) wo ich arbeite, auf einem Konto gestossen, was nicht in anspruch genommen worden ist, wo derzeit **$14.300.000,00** gutgeschrieben sind.

Dieses Konto gehörte Herrn Christian Eich, der ein Kunde in unsere Bank war, der leider verstorben ist. Damit es mir moglich ist dieses Geld $14.300.000 inanspruch zunehmen, benotige ich die zusammenarbeit eines Auslandischen Partner wie Sie, (...) **Ihr Anteil ware 30%** von der totalen Gange, wahrend die restlichen 70% ist fur mich und meine Kollegen. Wenn Sie interessiert sind, konnen Sie mir bitte eine E-Mail schicken, damit ich Ihnen mehr Details zukommen lassen kann. Bitte, Sie mussen diese Transaktion sehr vertraulich behandeln weil die Transaktion einer DEAL ist.

Falls Sie mein Angebot akzeptieren und mit mir zusammenarbeiten, wurde mich das sehr freuen. Sobald ich Ihre Antwort (Adresse, email adresse und Telefonnummer) erhalten habe, werde ich Sie mit den Details vertraut machen und unser Treffen in Europa arrangieren.

Mit freundlichen Grussen
Richard Etemesi

Von: Herr Raul Hernandez
Betreff: Vertrauliche E-Mail
Datum: 10. Juni 2015
An: undisclosed recipients

Guten Tag,
Ich bin Herr Raul Hernandez, der Auditor General von Unicaja Bank Madrid. Im Zuge meiner Abschlusspruefung, entdeckte ich eine schwimmende Fonds auf einem Konto, das 1990 bei der Cam Bank eroeffnet wurde, bevor der Besitz von Unicaja Gruppe gekauft wurde, ich bin der Abschlusspruefer der einem toten Auslaender Herr Kenny, der im Jahr 2009 starb, zugeteilt wurde. Jede Anstrengung, ein Mitglied seiner Familie oder einen naechsten Angehoerigen zu Ermitteln sind gescheitert. Bei meinen Ermittlungen habe ich festgestellt, dass Sie zu den naechsten Angehoerigen gehoeren, da Sie den gleichen Nachnamen tragen. Er verstarb ohne Nachkommen oder einen Testament.

Meine Absicht ist es, diese Summe von **5, 5 Mio.** von den oben genannten Konto auf ein sicheres Konto zu ueberweisen. Ich schlage daher vor, dass ich Sie als stillen Teilhaber eintrage und Sie mir ein Konto zur Verfuegung stellen, oder ein neues Konto eroeffnen um dieses Geld dorthin zu ueberweisen. Fuer Ihre Unterstützung bei diesem Vorhaben, bin ich bereit, mit einem guten Prozentsatz des gesamten Fonds zu trennen. Beim durchsehen der Aufzeichnungen und Akten der verstorbenen Person, entdeckte ich dass

(1) Niemand dieses Konto seit 2009 betrieben hat
(2) Er starb ohne Erben, daher das Geld weiter floss.
(3) Keine andere Person über dieses Konto bescheid weiss und auch kein Empfaenger eingetragen ist

Wenn ich mich nicht schnellstens dieser Angelegenheit annehme, wird dieses Geld verfallen und anschliessend in Gesellschaftsmitteln fliessen, von denen nur die Regisseure meiner Firma profitieren werden. Ich kann Ihnen dieses Geld rechtlich zukommen lassen, wenn Sie einige notwendigen Genehmigungen, die auf Ihren Namen zugelassen sind ausfuellen, wobei ich Ihnen selbstverstaendlich behilflich sein werde.

Bitte geben Sie mir eine Antwort auf meine private E-Mail Raul.Hernandez@1email.eu oder Fax 00 34 917 692 656, so dass ich Ihnen detaillierte Informationen ueber die Modalitäten meines Vorschlages zu senden kann. Ich bitte Sie eingehend dieses Schreiben absolut vertraulich zu behandeln. Bitte senden Sie mir Ihre Telefonnummer auf der sie leicht zu erreichen sind. Ich freue mich auf Ihre baldige Antwort.

Kontostand €

Herz, Schmerz
& Diridari
46.850.000,00

Ohne Los
viel Moos
22.345.450,20

Geteiltes Leid
ist ganzes Erbe
154.856.200,00

Wahres ist nur
Bares
37.525.905,00

Alles Gute kommt
von ganz oben
28.194.315,00

Business Unusual
422.700.000,00

Barmherzige Banken
6.949.600,00
21.500.000,00
8.710.800,00
34.000.000,00
7.663.600,00
21.500.000,00
28.526.000,00
22.200.000,00
10.500.000,00
4.290.000,00
5.500.000,00

Kontostand €

Herz, Schmerz
& Diridari

46.850.000,00

Ohne Los
viel Moos

22.345.450,20

Geteiltes Leid
ist ganzes Erbe

154.856.200,00

Wahres ist nur
Bares

37.525.905,00

Alles Gute kommt
von ganz oben

28.194.315,00

Business Unusual

422.700.000,00

Barmherzige Banken

6.949.600,00
21.500.000,00
8.710.800,00
34.000.000,00
7.663.600,00
21.500.000,00
28.526.000,00
22.200.000,00
10.500.000,00
4.290.000,00
5.500.000,00
7.500.000,00
7.050.000,00

Mit freundlichen Gruessen
Herr Raul Hernandez
Fax 00 34 917 692 656
Raul.Hernandez@1email.eu

Von: HU ZULIU alex.b@poli-mat.ru
Betreff: DISKRETE
Datum: 16. Mai 2016
An: undisclosed recipients

Guten Tag.
Ich dachte, dass diese Möglichkeit für Sie, von Interesse sein kann, wenn nicht ich entschuldige für das Eindringen mich.
Ich bin Director From Hang Seng Bank Hong Kong, ich habe Business-Angebot beinhaltet Transfer große Summe Geld, bin derzeit sucht seriöse Firma/Person, die als mein Partner fungieren kann. Erhalten Sie bitte zurück zu mir durch diese e-Mail (fhuzul@gmail.com) Weitere Informationen.

Grüße.
Dr. Hu Zuliu.
E-Mail-Adresse: fhuzul@gmail.com.

Von: Lehman tester@mail2.mtjh.kh.edu.tw
Betreff: lies und antworte
Datum: 29. Jui 2015
An: undisclosed recipients

Lieber Freund,
ich bin ein Banker. Ich brauche Ihre Hilfe eine verlassene Summe von **Fifteen.Million US-Dollar**, auf Ihr Bankkonto zu übertragen. warum **50% Prozent** wird Ihrer Seite. Kein Risiko. in diesem Fall mich für weitere Informationen kontaktieren, wenn Sie interessiert sind.

Von: Mr. Wenyao Zhou woljeongsa@templestay.com
Betreff: Geschäftsvorgang
Datum: 29. Juni 2015
An: undisclosed recipients

Ich bin Mr.Wenyao Zhou Independent Director der Bank of China, habe ich einen Geschäftsvorgang von **$ 23, 5 Mio.** und ich gebe Ihnen **30% Entschädigung** für Ihre Unterstützung in dieser Transaktion.

Von: Patrick enricoforesti@fbslaw.com
Betreff: Patrick
Datum: 19. Juni 2015
An: undisclosed recipients

Mein Name ist Patrick Chan Ich arbeite mit dem Hang Seng Bank. Es ist die Summe aus $ 22.500.000,00 in meiner Bank "Hang Seng Bank" in Hongkong.

Ich wünschte, um eine Übertragung des **$ 22.500.000,00** .Ich weiß für Sie werben Hilfe bei der Durchführung dieser transaction. I beabsichtigen Sie **30%** des gesamten zu geben Fonds als Ausgleich für Ihre Unterstützung.

Bei Interesse senden Sie mir bitte eine E-Mail an meine private E-Mail- (chanprivacy04@aol.com)

1. Vollständige Namen
2. Private Telefonnummer
3. Aktuelle Wohnadresse

Grüße,
chanprivacy04@aol.com Patrick Chan.

Von: zakaz@lark-ltd.com
Betreff: Venture Vorschlag
Datum: 14. Juni 2015
An: undisclosed recipients

Sehr geehrter Herr,
Ich habe eine Investitionsmöglichkeit, um mit Ihnen die die Übertragung einer groben Geldsumme zu teilen. Ich arbeite für ein Geldinstitut hier in den Niederlanden. Ich brauche dich, mich im Umgang mit der Übertragung eines riesige Summe Geld **($ 14 Millionen USD)** zur sicheren Aufbewahrung in Ihrem Land zu unterstützen.

Alle internationalen Finanzüberweisungs Gesetze witll folgen. Was bedeutet, es ist eine rechtliche Übertragung ohne Zwischenfälle. Sobald das Geld auf Ihr Konto übertragen worden ist, werden wir im Verhältnis zu teilen, die von mir und euch zu vereinbaren.

Kontaktieren Sie mich durch meine private E-Mail-Adresse: info.565wl@aol.com Wenn Sie interessiert sind und ich gebe Ihnen mehr Details. Ihre schnelle Antwort wird geschätzt

Mit freundlichen Grüßen,
Mr. Robert Pimmer
E-Mail: info.565wl@aol.com

Kontostand €

Herz, Schmerz
& Diridari
46.850.000,00

Ohne Los
viel Moos
22.345.450,20

Geteiltes Leid
ist ganzes Erbe
154.856.200,00

Wahres ist nur
Bares
37.525.905,00

Alles Gute kommt
von ganz oben
28.194.315,00

Business Unusual
422.700.000,00

Barmherzige Banken
6.949.600,00
21.500.000,00
8.710.800,00
34.000.000,00
7.663.600,00
21.500.000,00
28.526.000,00
22.200.000,00
10.500.000,00
4.290.000,00
5.500.000,00
7.500.000,00
7.050.000,00
6.750.000,00
14.000.000,00

BARMHERZIGE BANKEN

Von: Alvin Chua minoru@leadershipbydesign.co.za
Betreff: Lieber Freund
Datum: 15. September 2015
An: undisclosed recipients

Lieber Freund,

Geschäfts-Bond im Wert von etwas mehr als **Neunundvierzig Millionen Vereinigten Dollar** besagt, Antworten für weitere Informationen Alles, was ich will, ist jemand vertrauenswürdig , dieses Projekt zu handhaben für mich zwei der riesigen Fonds beteiligt, wird mein Anteil von 60%, **während Sie meine Hilfe Mittel 40 haben % der Gesamtsumme**. Ich erwarte Ihre Antwort prompt.

Grüße,
Alvin.

Von: Hayes Arnold arnold.hay13@yahoo.co.uk
Betreff: My subject
Datum: 18. Januar 2015
An: undisclosed recipients

Hallo Liebe.
Ich bin Mr.Arnold A. Hayes, ein regionaler Geschäftsführer (Matro Bank intl) London England.

Sie sind vertrauenswürdige Person oder ein Unternehmen? kann ich Ihnen vertrauen? Sie können mehrere Millionen Ein Top-Geheimabkommen umgehen? Wenn Sie Ihre Antworten auf die oben genannten Fragen sind ja, Kontaktieren Sie mich für den sofortigen Transfer von **Millionen £17.7** auf Ihre Daher Sie den gleichen Kontonamen bei einer Bank in meinem verstorbenen Klienten tragen, die ohne nächsten Angehörigen in einer Ebene im vergangenen Jahr gestorben ist.

Ich werde Ihnen gerne **35%** der gesamten Mittel zu bieten sofort kontaktieren Sie mich in meiner privaten E Mail-Adresse (arnold.hay@aol.co.uk) für weitere Details.

Mit freundlichen Grüßen,
Arnold Hayes

HEY, BIG

SPENDER

... ich habe ein wenige Monate zu leben, möchte ich Sie mir Summe verteilen zu helfen ... für wohltätige Zwecke Organisation in Ihrem Land.

Ihre E-Mail-Adresse wurde zum Glück ausgewählt und ... Sie erhalten diese E-Mail, weil wir Sie als Glücks Empfänger akzeptiert.

Wer sich aufgrund extremer Besitzlosigkeit bereits hoher moralischer Festigkeit erfreut, bedarf natürlich keiner materiellen Zuwendungen mehr. Wenn DU aber die Armutsgrenze nicht überschreiten willst – was wäre da hilfreicher als die Barmherzigkeit selbstloser Spender?

Kontostand €

Herz, Schmerz
& Diridari
46.850.000,00

Ohne Los
viel Moos
22.345.450,20

Geteiltes Leid
ist ganzes Erbe
154.856.200,00

Wahres ist nur
Bares
37.525.905,00

Alles Gute kommt
von ganz oben
28.194.315,00

Business Unusual
422.700.000,00

Barmherzige Banken
233.612.050,00

Hey, Big
Spender
4.000.000,00
15.000.000,00

Von: FERNANDEZ info@tamarinaresort.com
Betreff: Dank für das Lesen meines Briefes
Datum: Datum: 26. März 2015
An: undisclosed recipients

Bitte verzeihen Sie mir, weil ich nicht versierte Internet bin, und ich bin eine Witwe zu einem späten Oil & Gas Händler und jetzt mit der Diagnose Krebs, Die Ärzte sagten, ich habe ein wenige Monate zu leben, möchte ich Sie mir Summe verteilen zu helfen **Zwanzig Millionen USA Dollar** für wohltätige Zwecke Organisation in Ihrem Land. Bitte antworten Sie mir, wenn Sie mir helfen können, meine Gelder verteilen und Ich bin bereit, Ihnen **20% für Ihre Zeit und Mühe** zu geben. liefern mir Ihre private Telefonkommunikation mit Ihnen herzustellen.

Bitte schicken Sie mir auf meine E-Mail-Adresse ein monicafernandezz@aol.com

Frau Monica Fernandez

Von: Rev. Timothy Pough hullnissan@hullnissan.com
Betreff: Die Wahrheit über den langersehnten Mittel.
Datum: 28. Juli 2016
An: undisclosed recipients

Grüße,
Ich schreibe mit ernstem Gebet Dass diese Mail, die Sie gut finden. Ich weiß, dass Sie überrascht an den Eingang der E-Mail sein, abgesehen von Überraschung sein können Sie skeptisch sein, mir zu antworten zurück, weil auf das, was in der Internet-Welt vor sich geht man sehr vorsichtig sein muss.

Ich bin Rev. Timothy Pugh, ich bin ein US-Bürger, 67 Jahre alt. Ich wohne hier in Dallas Texas USA. Meine Wohnadresse ist wie folgt 5113 Lauren Ln Dallas TX, USA, denke daran, verlagern, da ich jetzt reich bin. Ich bin einer von denen, Teil vor dem Ausgleich nahm so viele Jahre und sie weigerten sich, mich zu bezahlen, hatte ich über **$ 245.000** bezahlt, während ich in den USA war versucht, meine zwei Entschädigung zu erhalten, aber alles ohne Erfolg, ich hatte ein Opfer gewesen seit 7 Jahren von Betrug, verlor ich mein Auto, mein Haus und ich mehrere Operation unterziehen, ich will mich so sehr auf jene Internet-Betrüger verloren für Dokumente mehr und mehr Geld zu geben und so weiter ..

Also habe ich beschlossen, mit allen meinen Entschädigung Dokumente zu reisen, und ich war darauf gerichtet, einen Regisseur Andrew Liors zu treffen, die das Mitglied der Entschädigung AWARD Ausschusses und ich Kontakt mit ihm und mir alles erklärt. Er nahm mich an die Zollstelle. Im Moment bin ich der glücklichste Mensch auf Erden, weil ich meine Entschädigungsfonds von **$15.000.000,00 erhalten haben (fünfzehn Millionen Dollar)** Darüber hinaus Dir. Andrew Liors, zeigte mir die vollen Informationen von denen, die noch sind ihre Zahlungen zu erhalten.

Ich sah Ihren Namen und Ihre E-Mail-Adresse als einer der Begünstigten noch zu empfangen, was gehört Ihnen duely, Deshalb habe ich Sie Beschlossen, eine E-Mail mit den Menschen zu stoppen tun haben, sind sie nicht mit Ihrem Fonds, sie machen nur Geld aus von Ihnen. Ich werde Ihnen raten, zu kontaktieren Dir. Andrew Liors. Sobald Sie wieder zu mir kommen, werde ich Ihnen mit Identifikationskarten für Sie, meine Identifikation zu überprüfen und auch Sie mit den Informationen, die werden Sie Herr Andrew P. Liors der Rooley Security Agency in anderen in Verbindung zu treten, um Ihre beiden Fonds erhalten ..

Wieder einmal jene Leute aufhören Verbindung zu treten, ich rate Ihnen Dir.Andrew Liors zu kontaktieren, damit er Sie Ihr Geld bekommen kann helfen duely Das gehört Ihnen anstelle von Diejenigen mit Lügner zu tun, dass Sie sich umdrehen um zu fragen für andere Art von Dokument, um die Transaktion abzuschließen.

Ich gebe Ihnen mehr Details über die Transaktion Wenn ich Ihre positive Antwort erhalten.

Vielen Dank und bleibt gesegnet.
Rev. Timothy Pugh
5113 Lauren Ln Dallas TX,
Vereinigte Staaten

Von: Sandra Chin sandrachin@walla.co.il
Betreff: Wohltätigkeitsarbeit
Datum: 4. Oktober 2014
An: undisclosed recipients

Ich bin die Kommunikation mit nur Sie in diesem Moment in Bezug auf diese edle Arbeit. Und ich würde keinen Grund, es anders zu tun, Dieser Fonds ist derzeit in einer Bank, diese **£ 5.737.000 Pfund** ist in meinem Namen hinterlegt ..email Ich werde Ihnen sagen, mehr: sandrachin20101@gmail.com

Von: Navil Ulfat snag30@yahoo.co.jp
Betreff: Mrs. Navil Ulfat.
Datum: 3. August 2014
An: undisclosed recipients

Ich bin Frau Ulfat Navil eine Witwe aus lange Krankheit (Krebs) leiden, Fonds es ich von meinem verstorbenen liebender Ehemann Mr. Nusrat Ulfat geerbt, die Summe von (**7, 5 Millionen US $**), die er in der Bank vor seinem Tod hinterlegt, ich brauche eine ehrliche und gottesfürchtige Person, dass diese Mittel für Gottes Arbeit nutzen können.

Ich habe diese Entscheidung, weil ich, dass dieses Geld erben keine Kinder haben und ich möchte nicht eine Situation, wo dieses Geld in gottlos verwendet werden. Deshalb habe ich diese Entscheidung nehme, und mein Arzt hat mir bestätigt, dass ich weniger als drei Monate zu leben, mein Zustand gekannt zu haben ent-

---

Kontostand €

Herz, Schmerz
& Diridari
46.850.000,00

Ohne Los
viel Moos
22.345.450,20

Geteiltes Leid
ist ganzes Erbe
154.856.200,00

Wahres ist nur
Bares
37.525.905,00

Alles Gute kommt
von ganz oben
28.194.315,00

Business Unusual
422.700.000,00

Barmherzige Banken
233.612.050,00

Hey, Big
Spender!
4.000.000,00
15.000.000,00
6.827.030,00
7.500.000,00

Kontostand €

Herz, Schmerz & Diridari
46.850.000,00

Ohne Los viel Moos
22.345.450,20

Geteiltes Leid ist ganzes Erbe
154.856.200,00

Wahres ist nur Bares
37.525.905,00

Alles Gute kommt von ganz oben
28.194.315,00

Business Unusual
422.700.000,00

Barmherzige Banken
233.612.050,00

Hey, Big Spender!
4.000.000,00
15.000.000,00
6.827.030,00
7.500.000,00
1.080.000,00

schied ich mich, diesen Fonds zu einem Wohltätigkeits oder einzelne zu spenden, dass dieses Geld nutzen wird, den Armen zu helfen, und die Armen secondo meinen Anweisungen.

Ich möchte eine Organisation, die diesen Fonds für Kinderheimen, in der Schule nutzen und Kirche, Witwen, das Wort und Werk Gottes zu verbreiten.

Bitte, wenn Sie wäre incendio Diese Mittel für das Werk des Herrn benutzen mich freundlich antworten. Sobald ich Ihre Antwort erhalten haben, werde ich Ihnen weitere Richtlinien geben, wie Sie über die Forderungen der genannten Mittel zu gehen.

Mit freundlichen Schwester in Christus, Frau Navil Ulfat.

Von: Mrs. Sophie Rizavas laroks@stonline.sk
Betreff: Brief – Mrs. Sophie Rizavas
Datum: 13. März 2016
An: undisclosed recipients

Ich und mein Mann haben zu spenden, das ist, warum wir Sie kontaktieren. Ich würde interessieren Weitere Informationen von Ihnen zu empfangen. Wie esta Angelegenheit nun dringend ist, würden wir eine schnelle Antwort zu schätzen wissen.

Danke.
Bitte antworten Sie mir rizavasmrssophie@yahoo.ca

Von: Luety Mansa luetymansa659@hotmail.com
Betreff: Von Frau. Luety Mansa
Datum: 14. Februar 2016
An: undisclosed recipients

SEHR DRINGEND Frau. Luety Mansa
BITTE BEMÜHEN ZU BENUTZEN ES AUF WENIGER-VORRECHT, WAISENHAUS UND NÄCHSTENLIEBE HEIM
ich bin Schreibe dies Post zu du mit schwer tränen in meinen auge und großartig leid in meinem herz weil meinem Arzt erzählte mir dass ich werde verenden in drei Monate zeit. Ich bin (Frau.) Luety Mansa, Ich bin 76 Jahre alte Frau, Ich bin leidend aus lang zeit Krebs von die Lunge welche auch betroffen mein Gehirn, von allen Anhalt meine Bedingungen ist wirklich verschlechternden und es ist ziemlich offensichtlich dass ich wird nicht wohnen, nach meiner Ärzte sie sagten dass Ich kann nicht Leben für die nächsten drei Monate,

Und ich verspreche um den Willen meines verstorbenen Mannes zu erfüllen um die Summe zu spenden (**$3.6 Millionen Vereinigt Zustand Dollar**) zu einem christlichen Bruder oder Schwester, die verwenden werden dieser Fonds zu helfen die weniger Privilegien und die person wird zu nehmen **30%** von die gesamt Summe **Während 70% von die Fonds** werden gehe zu Nächstenliebe Organisationen

dass gibt pflege von die Waisenhäuser.
1: Für die Kranken, weniger privilegierten
2: Für die Witwen und die mutterlose Babys
3: Waisenhaus oder Nächstenliebe Startseite

Mit freundlichen Grüßen
Frau. Luety Mansa

Von: richard-nickson23
Betreff: Gott segne dich
Datum: 27. Oktober 2015
An: undisclosed recipients

Seid gegrüßt, ich bin Richard Nickson, Ein Bürger von Schottland, am 9. Februar geboren, 1953. Ich bin ein 62-jährige Witwer. Nach meiner Krankheit habe ich nur von meinem Arzt informiert worden, dass ich nur wenige Monate haben aufgrund von Krebs Krankheit zu leben, und ich bin über das Rennen, wie dies ohne ein Kind zu beenden. Ich beschloss, £ 6 **Millionen Pfund** Sie spenden für wohltätige Zwecke Werke zu fördern. Bitte antworten Sie mir für weitere Details zu diesem edlen Projekt von mir.

Von: Jim & Carolyn McCullar mail@289006.ru
Betreff: liebe Begünstigte
Datum: 25. Oktober 2015
An: undisclosed recipients

Lieber Begünstigte,
Meine Frau und ich gewann den Mega Millions Lotto-Jackpot von **$ 190.000.000,00 Millionen Dollar** und wir haben unsere 2015 Sommer Spende und Grant begann, wie wir die Summe von **$ 1.500.000,00 Dollar an Sie** und fünf (5) andere Familien spenden wird.
besuchen Sie bitte die Web-Link unten, um weitere Informationen hinsichtlich unserer Identität; http://abcnews.go.com/WNT/video/jim-carolyn-mccullar-mega-millions-winners-12559371
  Ihre E-Mail-Adresse wurde zum Glück ausgewählt und vorgelegt meine Frau und ich von den Vereinten Nationen Charity Foundation und Sie erhalten diese E-Mail, weil wir Sie als Glücks Empfänger akzeptiert.
  Bitte senden (Barrister Davido Lucas) (barristerdavid2@aim.com) Ihre vollständigen Namen, Land, & Telefonnummern und wir werden mit mehr Informationen zu Ihnen in Verbindung setzen;
Dein,
Jim & Carolyn McCullar
Kontakt E-Mail: (barristerdavid2@aim.com)

Kontostand €

Herz, Schmerz
& Diridari
46.850.000,00

Ohne Los
viel Moos
22.345.450,20

Geteiltes Leid
ist ganzes Erbe
154.856.200,00

Wahres ist nur
Bares
37.525.905,00

Alles Gute kommt
von ganz oben
28.194.315,00

Business Unusual
422.700.000,00

Barmherzige Banken
233.612.050,00

Hey, Big
Spender!
4.000.000,00
15.000.000,00
6.827.030,00
7.500.000,00
1.080.000,00
7.140.000,00
1.500.000,00
43.047.030,00

Konto Herz…	Gesamtsummen
Los	46.850.000,00
Erbe	22.345.450,20
Bares	154.856.200,00
Von Oben	37.525.905,00
Business	28.194.315,00
Banken	422.700.000,00
Big Spender	233.612.050,00
	43.047.030,00
	989.130.950,20

1001 Dank

Hocherfreut, aber auch tief beschämt ob der unglaublichen Großzügigkeit, die aus den zahlreichen E-Mails sprach, möchte ich mich an dieser Stelle bei allen Spendern, Erblassern sowie Bank-, Regierungs- und sonstigen Beamten bedanken. Ich bitte um Nachsicht, dass ich angesichts der überwältigenden Zahl all dieser guter Menschen aus Nah und Fern nicht im einzelnen auf jede Zuwendungen eingehen kann. Möge der geneigte Leser daher mit mir in ein schlichtes Loblied einstimmen, und zwar für: Esther Desmond, Liliane Bettencourt, Igvar Harmburg, Sandrina Assi Omaru, Answer Edward, Grace Alfred, Monica Fernandez, Isabelle Seyyed, Sophia Johnson, Karen Olsen, Marina Robert, Cas van den Ende, Dorien Graaf, Manuel Max, Caroline Mandez, David Barbell, Maria Alonso, Don Carlos Fernandez, Mari Carmen, Don José Pablo, Carlos Moreno, Claudia Wannack, Monica Torres, Gail Eatmon, Ortiz Ramiro, Lyandu Rodge, Perez Baldacci, David Kim

Kein Autor kann heutzutage mehr darauf verzichten – die möglichst vollständige und vor allem zu Herzen gehende Aufzählung aller Helfer, die zum Gelingen seines Werkes beigetragen haben – und sei es der Pizzabote, der ihn vor dem Hungertod bewahrt hat! Natürlich war auch dieses Werk nicht von guten Geistern verlassen: Die Namen aller großherzigen Erblasser, Spender, Bank- und Regierungsbeamten oder hochrangigen Militärs sollen dem geneigten Leser selbstverständlich nicht vorenthalten werden:

Lee, Martin Buma, Hollis Grey Chambers, Sejas Martinez, Dereck Mitchell, Maya Wilson, Scott Williams, Aminu Bashir Wali, Finn Noah, Antonella Boschi, Richard Markham, Tom A Lucas, Williams Faroh, Martin Enrique, Jeh Charles Johnson, Wafa Alhalabi Adel, Lord Ruben, James B. Comey, Chris Swecker, George Ennis, Maria Hernandez, Valeria Bassi, Lennard Soulemann, Li Xiung, Zhang Tenwen, Ronald Janowicz, Owen Thomasson, Christine Perebzak, Andrew Zhu Chunxiu, R.Chung, Tak Shunji, Dong Guo, William Gregg, Daniel Milton, Jessica Smith, Butti Obaid, Russel March, Kevin Morgan, Fu Zhongjun, Chin Sang, David Kim Lee, Louis Alexander, Amos Kabiri, Richard Etemesi, Raul Hernandez, Hu Zuliu, Lehmann Tester, Wenyao Zhou, Patrick Chan, Robert Pimmer, Alvin-Chua, Arnold Hayes, Monica Fernandez, Timothy Pough, Sandra Chin, Ulfat Navil, Sophie Rizavas, Luety Mansa, Richard Nickson, Jim & Carolyn McCullar.

Über den Autor

Alf alias Alfred Beschle schreibt & zeichnet seit früher Jugend Karikaturen und Illustrationen. Erste Veröffentlichungen im Konstanzer *Südkurier*, es folgten Stationen in Verlagen und Agenturen; Teilnahmen an Gemeinschaftsausstellungen [Die anderen Münchner Zeichner] sowie Einzelausstellungen. Langjährig Infografiker der *Süddeutschen Zeitung* sowie Layouter und Zeichner bei der *Münchner Abendzeitung*, wo regelmäßig Illustrationen zum Wochenhoroskop oder zu aktuellen Reportagen veröffentlicht wurden. Freie Mitarbeit in Agenturen, Verlagen und Internetportalen. Buchgestaltung bei regionalem Verlag am Ammersee. Mehrere Buchveröffentlichungen: *Wer reiten lernt ist selber schuld — ein heiterer Bildbericht für Pferdenarren* bei Franckh'sche Verlagshandlung Stuttgart; *Beziehungskisten — rein und raus* bei Goldmann, München; *Nichtrauchen für Anfänger — Aber morgen hör' ich endgültig auf!* — ein Cartoonbuch zum Abgewohnen! im Eigenverlag.

Für den vorliegenden Titel *Money to Go — 1001 Kapitalversprechen aus dem Internet* lieferte die elektronische Post mit großmundigen Kapitalversprechen eine Steilvorlage. Weitere Titel sind in Vorbereitung. Aktuelle Informationen unter: *www.alfgrafik.de*

Zeitfracht Medien GmbH
Ferdinand-Jühlke-Straße 7
99095 Erfurt, Deutschland
produktsicherheit@kolibri360.de